Varovainen murtovaras

Varovainen murtovaras

Varovainen murtovaras

Pekka Lempiäinen

Varovainen murtovaras
© 2013 Pekka Lempiäinen
Kustantaja: Books on Demand GmbH, Helsinki, Suomi
Valmistaja: Books on Demand GmbH, Norderstedt, Saksa
ISBN: 978-952-286-761-2

1.

Vempeleellä hän sai autotallin oven auki ja peruutettua pakettiauton sisälle. Hän olisi turvassa katseilta aina siihen asti kunnes lähtisi.

Hälytysjärjestelmä oli ikivanha, kuten Jaakko Maurila oli kertonut. Autotallissa hälytystä ei ollut ollenkaan, se kun oli vasta hiljattain rakennettu. Hälytysjärjestelmän keskus löytyi autotallista, juuri sieltä missä Jaakko oli kertonut sen sijaitsevan. Se oli niin vanha ja likainen ja hapettunut, että pani epäilemään olisiko koko järjestelmä toiminut ollenkaan. Olisi silti tärkeää vaientaa se, vaientaa niin ettei poliisi huomaisi että hälytyksen oli hiljentänyt joku melkein ammattilainen.

Hänellä oli aamuun asti aikaa.

Sisältä huvila oli hyvässä mallissa, fiinimpi kuin mitä hän oli uskonut. Huvila kuitenkin oli Vaipion kakkosasunto tai peräti kolmoskämppä. Tyyriimpi se silti oli kuin hänen asunto. Tyylistä joku asiantuntija olisi saattanut napista. Asunto sisälsi vanhaa ja uutta kalustusta ja kaikki sikin sokin keskenään. Olohuoneessa silmään osui ensin suuri, uutuuttaan kiiltävä teeveetuoli, sellainen mekaaninen. Televisio sen sijaan oli paljon vanhempi, kuvaputki mallia. Seinillä television molemmilla puolilla oli tauluja leveine kehyksineen. Sohva ja nojatuolit saattoivat olla antiikkia, sohvapöytä uusi. Kirjahylly näytti olevan iältään jotain edellisten väliltä. Pöydällä ja kaappien päällä oli kynttilänjalkoja, mutta näyttivät aivan messinkisiltä. Kirjahyllyn kirjoista osa oli jonkin kirjakerhon kirjoja. Niistä ei divarissakaan saisi kuin muutaman lantin. Maljakot ja muut koriste-esineet näyttivät kuin ne olisivat rihkamaa. Kaikki tavarat näyttivät kelvottomilta, mutta silti ne piti varastaa.

Keikan ikävin osa oli kantaa tavarat autoon. Jos hän olisi ollut laillisilla asioilla, hän oli palkannut työhön apumiehen.

Tavarat sai kannettua sisäovien kautta autotalliin ja pakettiauton tavaratilaan. Huonekaluja hän ahtoi mukaan niin paljon, mitä autoon mahtui. Piti raahata pakuun myös sohva ja pari nojatuolia. Ne olivat raskaita kantaa ja näyttivät rumilta. Jos ne olisivat olleet hänen, hän olisi kantanut ne pihalle ja tehnyt niistä nuotion. Ne mahtuivat pakuun vain vaivoin. Jaakko Maurila oli sanonut, että huonekalut saattoivat olla antiikkia ja siksi arvokkaita. Raskas oli myös suuri, vanha televisio. Se painoi vielä enemmän kuin oli arvellut. Moisella televisiolla ei kai mitään rahallista arvoa voinut enää olla. Mutta Jaakko oli nimenomaan tivannut, että talosta piti viedä kaikki mikä vaan autoon mahtui. Televisio, stereot ja radio, keittiöstä astiat jotka vähänkin arvokkailta näyttivät. Kaikki vanhalta näyttävät huonekalut, kaikki taulut, kirjat ja ryijyt ja matot ja vaatteet. Jostain jäi käsineisiin jotain tahmeaa. Tauluistako? Ne haisivatkin oudolle. Joidenkin taulujen kehykset olivat suuremmat kuin itse taulut.

Elektroniikasta hän suunnilleen tiesi mitä mikin maksaa käytettynä kaupasta ostettuna, osasi siten arvioida myös omat tienestit. Tosin katukaupassa tavarat vaihtoivat omistajaa kovin halvalla ja niistä rahoista osansa ottaisivat myös Usko Sammaleinen ja Jaakko Maurila. Mutta tauluista ja muusta taiteesta hän ei tiennyt mitään. Tauluista hän tiesi vain sen, että jotkut olivat hyvin kalliita, mutta toiset silkkaa roinaa, vaikka maallikon silmissä näyttivät aivan samanlaisilta. Vaipion taulut, vaikka hänestä hämärässä komeilta näyttivät, saattoivat silti olla arvottomia. Hän ajatteli, että uralla edetäkseen hänen pitäisi kai perehtyä taiteisiin. Vielä turhemmalta tuntui vanhoja huonekaluja raahata autoon, mutta jos ne antiikkia...

Jopa makuuhuoneen parisänky patjoineen kaikkineen olisi pitänyt tunkea pakettiautoon, mutta sitä hän ei tehnyt. Ei se olisi sinne enää mahtunut. Hän viilteli patjan päällisen veitsellä riekaleeksi, tutki mitä se piti sisällään. Patjan sisällä oli vain täytteitä. Komeroissa olevat vaatteet eivät kummoisilta näyttäneet, mutta hän kantoi nekin autoon. Samoin teki lipastoista löytyneille puhtaille liinavaatteille.

Raskain työ oli tehty parissa tunnissa. Vaikutti ettei talossa enää olisi mitään varastettavaa. Kaikki huonekalut eivät autoon mahtuneet, eikä hän aivan arvottomia muovisia keittiökalusteita olisi muutenkaan mukaan huolinut. Ne eivät voineet olla antiikkia.

Hänelle jäi paljon aikaa ja hän käytti ajan kulkemalla talossa sinne tänne, mietti minne piilottaisi rahat jos itse talossa asuisi. Ei hän keksinyt paikkaa. Kassakaappia ei löytynyt. Seinistä ei löytynyt kohtaa mitä koskemalla salaluukku avautuisi. Patjan ja tyynyjen sisällä oli vain sinne kuuluvia vällyjä. Kaikki löytämänsä komerot ja kaapit ja laatikostot hän tutki, mutta ei löytänyt mitään kätköä. Keittiössä oli vain niukat kalusteet, kaapeissa astioita, toisessa ruokatarpeita, komerossa siivousaineita ja -välineitä. Jääkaapissa oli vain vähän muonaa, kuin myös pakastimessa. Tiskikoneessa ei ollut mitään, eikä tiskipöydän alta löytynyt salalokeroa, kaapistojen paneelit eivät irronneet. Kylpyhuone oli yhtä autio. Ei edes vessanpytyn vesisäiliöstä löytynyt piiloa.

Se tuntui oudolta. Jaakko oli hänelle sanonut, että talosta löytyisi jotain muutakin. Hän pinnisti muistia ja saikin mieleensä kuvan viimetapaamisesta Jaakon kanssa. Jaakko oli sanonut: "Sieltä voi löytyä sellainen satsi, että voidaan hommat lopettaa siihen." Jaakko ei kai ollut tiennyt, tai ainakaan kertonut hänelle, mikä tuo satsi oli. Puheissa mies oli vihjaissut milloin koruihin, milloin antiikkiesineisiin, milloin huumeisiin, milloin silkkaan käteiseen. Eikä Jaakko ollut kertonut missä kätkö sijaitsi, oli puhunut vain salalokerosta tai kätköstä, oli neuvonut häntä penkomaan kaikki paikat joihin jotain voisi piilottaa.

Mitään sellaista ei löytynyt, ei mitään sinne päinkään.

Tulisi keikasta ehkä kuitenkin parempi kuin monesta muusta hänen tekemästään keikasta. Oli hän joskus tehnyt murtoja, joista oli saanut aivan silkkaa romua vaivan palkaksi.

Ulko-oven ja takaoven ja autotallin oven lisäksi ainoa paikka jossa oli lukko, oli makuuhuoneessa oleva pienehkö lipasto. Lukitut laatikot hän oli heti tullessaan tiirikoinut auki, mutta löytänyt vain papereita, ja hyvin vähän niitäkin. Hän tutki lipaston vielä uudelleen, mutta mitään salaluukkua ei löytynyt. Itse lipasto oli melko uusi, eikä takuulla olisi edes antiikin keräilijöille minkään arvoinen. Paperit olivat kaikki virallisia papereita verottajalta ja vakuutusyhtiöltä. Hänelle ne olivat aivan arvottomia. Vain yksi kirjekuori hieman erosi joukosta. Kuoressa ei ollut kenenkään nimeä, ei postimerkkejä. Sisällä oli valokuvia.

Hän jäi tuijottamaan ikkunasta ulos. Kuu pilkisti esille pilven takaa. Sen säteet osuivat metsässä johonkin kiiltävään. Seisoiko metsätiellä auto? Siltä se aivan vaikutti, vaikka ei hän siitä varma ollut.

Pilvi peitti kuun ja tienoo hämärtyi entisestään. Hän jäi katsomaan metsää. Sillä kohti metsää kulki pieni tie, sen hän oli kartasta tarkistanut ja oli ajanutkin tietä valoisaan aikaan. Pieni tie mikä ei johtanut paljoa minnekään, paitsi vasta matkojen päässä vähän isommalle tielle. Asuntoja metsätien laidalla ei useita ollut, tienhaaroja vain muutamia. Ei hän aivan tarkkaan muistanut, millä tavoin pikkutie metsässä kiemurteli. Vaikea oli käsittää kuka paikalle keskellä yötä autolla ajaisi. Ellei tielle sitten ollut pysähtynyt joku vaan lemmenpari puuhiinsa. Siihen paikka voisi olla aivan sopiva.

Kello tuli neljä. Hänen joka tapauksessa pitäisi aivan pian lähteä, ettei portilla törmäisi lehdenjakajaan.

Autotalliin johtavalla ovella hän vielä pysähtyi katsomaan asuntoa. Paikka oli putsattu tyhjäksi. Kaiken arvokkaan hän oli kantanut autoon. Talosta ei löytyisi mitään merkkejä hänestä, ei sormenjälkiä, ei kengänjälkiä, ei DNA:ta. Hän nouti autosta sorkkaraudan, väänsi sillä auki jo tiirikalla avaamansa ja sulkemansa lipaston laatikot. Sen piti luoda vaikutelma, että paikalla oli vieraillut joku vaan täysi amatööri.

Hän kiirehti autotalliin. Pakettiauton tavaratila oli täpötäynnä tavaraa. Hän sulki auton takaovet. Pakettiauton kylkeä koristi tarra: "Vaasisen muuttopalvelu." Hän avasi autotallin oven. Pihalla tai lähimetsässä ei näkynyt ketään. Kuu pysyi pilvessä. Vieläkin häntä epäilytti metsässä näkemänsä auto, jos se edes auto oli. Ehkä metsään oli tiputettu jotain rojua, mistä kuunvalo sai kimmokkeen. Miksei hän ollut sitä valoisaan aikaan pannut merkille? Autotallin ovelta hän ei paikalle nähnyt.

Hän astui takaisin pakettiautoon, ajoi sen ulos tallista, sammutti moottorin. Hän sulki autotallin ovet sisäpuolelta, tarkisti sitten, ettei lattialle jäänyt auton renkaista jälkiä, kiersi sisäovien kautta takaovelle.

Vielä hänen pitäisi rikkoa ikkuna. Niin se piti tehdä. Niin hän sen oli suunnitellut. Piti antaa poliisille vaikutelma, että murron teki joku vaan sattumalta paikalle osunut kulkuri tai pilviveikko. Niitähän kaikkialla oli riittämiin. Ja ikkuna pitäisi rikkoa ulkopuolelta, niin että sirpaleet lentäisivät sisälle taloon.

Mutta jos metsätiellä oli auto parkissa, meteli voisi kuulua sinne asti. Ehkä suunnitelmaa piti siltä osin muuttaa.

Hän nouti sorkkaraudan, väänsi takaovea kunnes lukko antoi periksi. Näyttäisi kuin ovesta oli murtauduttu sisälle. Kukaan ei ehkä tajuaisi tarkistaa, että autotallin oven oli tiirikoinut auki asiansa osaava murtomies ja että sama ammattilainen oli hiljentänyt hälytysjärjestelmän. Vielä piti käydä autotallissa, asentaa hälytys toimimaan, nopeasti ulos takaoven kautta. Hän kuulosteli hetken pihalla pää kallellaan. Tienoo pysyi hiljaisena ja pimeänä. Kotvasen kuluttua taivas vaalenisi. Hän käynnisti auton. Sekään ääni

ei tuonut paikalle ketään. Hän ei sytyttänyt ajovaloja. Piha-
tien erotti vain heikosti. Auto matoi kävelyvauhtia maan-
tielle. Puuttuisi vielä että hän ajaisi ojaan jo rikospaikalla.
Kuu ilmestyi parahiksi esille pilven takaa.

Maantiellä hän seisahtui hetkeksi, katsoi taakseen. Met-
sätiellä tosiaan oli auto. Hän näki sen nyt paremmin kuin
aikaisemmin. Kuunvalo loisti auton katosta ja tuulilasista.
Mutta ei hän nähnyt auton sisälle, eikä saanut auton mer-
kistä selkoa. Mutta auto paikalla seisoi, siitä hän oli varma.
Se kaiken lisäksi seisoi paikalla, mistä saattoi nähdä Vaipion
huville puiden oksien lomista.

Hän jatkoi matkaa ilman valoja, kurkki peileistä taak-
seen. Mutta peileissä maantie takana pysyi pimeänä ja tyh-
jänä. Hän sytytti ajovalot, painoi kaasua. Hetken päästä hän
tuli isolle tielle. Hän kääntyi vasemmalle, kiihdytti. Maantie
pysyi tyhjänä niin takana kuin edessä. Mitä kauemmaksi
murtopaikasta pääsi, sitä pienemmäksi kävi huoli jäädä
kiinni. Jonkun ajan kuluttua hän tuli levähdyspaikalle,
kääntyi sinne, pysäytti auton metsikön laitaan niin kauaksi
maantiestä kuin pääsi. Hän riisui tossujen päältä villasukat
pois. Ne voisivat herättää poliisin huomion, jos ajaisi tiellä
ratsiaan. Käsineitäkään ei enää tarvinnut. Hän laskeutui
jaloittelemaan.

Keikka tuntui sujuneen hyvin, niin kuin kaikki hänen
tekemänsä keikat. Hälytysjärjestelmän kaappi oli löytynyt
juuri sieltä, missä Jaakko oli sanonut sen olevan. Se oli ollut
helppoa vaientaa. Kaikki muukin talossa oli ollut juuri niin
kuin Jaakko oli kertonut. Maurila oli valmistellut keikan
huolella, kuten ennenkin. Jaakko oli suunnitellut keikan
häntä varten ja sen lisäksi hän oli itse suunnitellut sitä vie-
lä monen päivän ajan. Asunnon omistaja, liikemies Raimo
Vaipio lomaili Espanjassa. Jaakko oli jopa tiennyt, mihin
aikaan ja mihin koneeseen mies nousi, tiesi milloin tulisi
takaisin. Vaipion naapuri, muuan Altti Joupila, jonka oli
määrä Vaipion asuntoa vahtia, juopotteli illan paikallisessa

kapakassa. Taisi Jaakko itse juopotella samassa kapakassa, varmistaa itselleen alibia. Joupila tuskin heräisi ennen puoltapäivää. Silloin mikään ei voisi enää yhdistää häntä murtokeikkaan.

Ainoa asia mikä harmitti, oli se, ettei hän vieläkään törmännyt mihinkään jättipottiin. Aina keikalle lähtiessä hän elätteli toivoa, että löytäisi jonkun ylimääräisen rahapiilon, mistä ei kertoisi Jaakolle mitään. Muu ei kelvannut kuin silkka raha. Joskus hän oli muutamia satasia löytänyt, yleensä vain kymppejä tai kolikoita, mutta nyt ei löytynyt sitäkään vähää.

Jos hän joskus jättipotin löytäisi, hän vastaisuudessa valitsisi keikkansa paremmin, ei lähtisi enää romukuormia kuskaamaan. Hän pitäisi löytämänsä rahat piilossa, kävisi töissä kuten ennenkin, elelisi säästellen ja vasta vuosien päästä vähän kerrassaan käyttäisi rahat.

Hän katsoi pakettiautoa pienen matkan päästä. Se oli jo vanha auto, vähän kolhuinenkin. Se ei herättäisi huomiota missään. Kun hän seuraavalle keikalle lähtisi, "Vaasisen muuttotyö" tarran sijalla auton kyljessä lukisi jotain muuta ja autokin saattaisi olla erivärinen. Mutta ne olivat Sammaleisen huolia ja hommia.

Hän kaivoi hanskalokerosta termospullon, kaatoi mukiin kahvia. Hän oli ylpeä tekemästään työstä. Murtokeikka oli sujunut hyvin. Hän oli ammattimies. Vielä hän pysyisi piilossa taukopaikalla kunnes maantie täyttyisi töihin menijöistä, tekisi sitten keikan viimeisen osan, ajaisi auton Sammaleisen varastoon. Se ehkä olikin keikan vaarallisin osa, ajaa täydessä ryöstölastissa olevaa pakettiautoa pitkin maanteitä. Silloin jos poliisi pysäyttäisi hänet, ei hän osaisi selittää lastia. Niin ei onneksi ollut koskaan käynyt.

Hän sytytti savukkeen, mutta tallasi sen samassa sammuksiin. Maantietä lähestyi auto. Varmuuden vuoksi hän siirtyi pakun taakse näkösuojaan. Maantiellä ajava auto tuntui kulkevan reipasta ylinopeutta. Valot lähestyivät taukopaikkaa ja ensin vaikutti kuin että auto ajaisi ohi, mutta jo samassa se jarrutti äkisti. Auto peruutti takaisin. Hän juoksi pusikon taakse piiloon. Kahvimukista roiskui kuumaa kahvia käsille. Auton valot tulivat taukopaikalle, mutta auto ei edes pysähtynyt. Se vain kiersi taukopaikan hiljaisella vauhdilla, jatkoi matkaa. Aivan pienen hetken kuluttua toinen auto ajoi pysähtymättä taukopaikan ohi.

Hän seisoi sijallaan monta minuuttia. Auto oli selvästi etsinyt jotain. Häntäkö? Mutta ei auton katolla ollut poliisin kylttiä, sikäli kun pusikoiden takaa oli nähnyt. Jos Vaipion asunnolta oli hälytys tullut, häntä etsisivät sinivalkoiset hälytysautot. Mutta taukopaikalla oli käynyt siviiliauto, siitä hän oli varma.

Muutaman kilometrin päässä olisi risteys. Jäisikö tuo auto odottamaan häntä risteykseen, vai jatkaisiko se menoaan ties minne asti. Jos autossa olijat etsivät häntä, palaisiko se kohta takaisin?

Hän päätti ajaa Sammaleisen varastolle toista reittiä kuin mitä oli aikonut. Se tekisi hänelle pitkän lenkin. Hän joutuisi ajamaan pikkuteitä monta kymmentä kilometriä. Perillä hän olisi paljon suunniteltua myöhemmin. Mutta oli se silti parempi vaihtoehto. Jos nyt jäisi poliisin haaviin, vaikka vain liikennepoliisin, hän ei mitenkään pystyisi selittämään tavaratilan sisältöä.

2.

Pakettiauton hän ajoi teollisuusalueelle Sammaleisen varastoon. Sammaleinen tai Maurila auton ja ryöstösaaliin sieltä joskus hakisi. Ryöstösaaliista hän saisi osansa Jaakolta sitten joskus. Hän ei ollut koskaan kysynyt mitä Maurila tai Sammaleinen hänen ryöstämistä tavaroista tienasivat, mikä oli hänen osuus prosentteina. Ei siksi että olisi luottanut noihin rikollisiin, vaan siksi kun ei oikein muutakaan voinut. Ei hänellä ollut muita kanavia mitä kautta olisi varastettua tavaraa pysynyt myymään. Ja toisaalta, rikollisethan toki olivat luotettavia niin kauan kuin he itse siitä jotain hyötyivät.

Kun sai suljettua Sammaleisen varaston oven, hän huokasi helpotuksesta. Ajaessaan pikkuteitä oli ollut tunne, kuin häntä seurattaisiin. Mutta ei hän peileistä ollut ketään nähnyt, ei vaikka oli kerran pysähtynyt tienreunaan odottamaan. Pikkutie oli pysynyt autiona hänen takana niin pitkälle kuin mitä hän näki. Kerran oli helikopteri pyyhältänyt taivaalla yli, eikä hän ollut nähnyt oliko se poliisin helikopteri. Se oli kadonnut saman tien, eikä ollut ilmestynyt uudelleen näkyville.

Ja nyt Sammaleisen varastolla oli tunne, että joku katseli häntä. Pari muutakin asiaa vaivasi mieltä: Metsätiellä näkemänsä auto, sekä toinen auto joka oli kiertänyt levähdyspaikan. Oliko kyseessä yksi ja sama auto, vai oliko vain sattuma tuonut toisen auton levähdyspaikalle. Mutta se taukopaikan kiertänyt auto, se oli kuin olisi etsinyt jotain. Ja vielä yksi auto oli ajanut levähdyspaikan ohi pysähtymättä. Ajoiko se ohi sattumalta?

Oma auto seisoi muutaman korttelin päässä isolla parkkipaikalla. Ihmisiä oli jo liikkeellä paljon. Parkkipaikalle autoja tuli tavan takaa. Kukaan ei tuntunut piittaavan hänestä. Hän käänsi autonnokan kotia kohti, painoi kaasua.

Omassa autossa oli turvallista. Ehkä hän oli ollut turhankin varovainen, kiertänyt pitkän lenkin pikkuteitä. Ehkä ne näkemänsä autot olivat tehneet hänestä vähän vainoharhaisen. Nyt jäljestäpäin tuntui, että hän oli varhain aamulla pikkuteitä kiertäessä herättänyt huomiota enemmän kuin jos olisi ajanut päätietä muun liikenteen seassa. Mutta toisaalta päätiellä olisi voinut kohdata poliisin, jonkun vain partiossa ajavan poliisin joka olisi keksinyt pysäyttää hänet, vaikkapa vain tarkistaakseen auton kelpoisuuden. Nyt ei enää ollut väliä vaikka poliisi pysäyttäisikin. Mikään ei yhdistäisi häntä Vaipion huvilamurtoon. Hän voisi ajella huoletta kotiin, tai minne vain.

Edessä näkyi huoltoasema ja kahvila. Hän ajoi auton huoltoaseman parkkipaikalle. Hän oli taas kerran onnistunut, oli keikan tehnyt huolella ja ollut varovainen. Kukaan ei häntä ollut nähnyt, ei ainakaan kovin läheltä. Sitä voisi juhlia kahvin ja pullan kanssa. Mutta kotikylään hän ei kahville halunnut. Siellä ihmiset pitivät liian tarkasti huolta toisten menemisistä. Kotikylässä kun ei oikein voinut enää näyttäytyä, kun aina oli joku puolituttu kyselemässä kuulumisia. Mitä olet hommaillut? Minne olet menossa, mistä tulossa? Ei hän kuitenkaan voisi noille uteliaille ihmisille totuutta kertoa.

Ehkä pahimman kauhunhetkensä hän oli kokenut kotikylän baarissa. Silloinkin hän oli keikan jälkeen päättänyt poiketa kahville ja muuan eläkeläinen, Ylermi Nuppula, oli udellut, että miksi hän siihen aikaan kotiin ajeli, kun muina aamuina oli ajanut ohi puoli tuntia aikaisemmin. Hänellä oikeasti oli ollut vapaapäivä, tai vapaayö kuten yövartijalle kuuluikin. Mutta kysymys oli yllättänyt hänet ja hän oli sanonut lähteneensä tavallista myöhemmin muuten vaan. Ylermi oli jatkanut jutustelua ja kohta oli käynyt selville, että tuo eläkeläinen tunsi hänen työmaalta väkeä. Hän oli pelästynyt pahanpäiväisesti. Ylermi Nuppula voisi helposti tarkistaa oliko hänellä ollut vapaapäivä vai ei. Ja jos tajuaisi hänen valehdelleen, niin miten tarkasti Ylermi hänen menojaan penkoisi, ihan vain uteliaisuuttaan. Niin pienestä hän voisi takertua kiinni valheiden verkkoon, josta ei selviäisi muutoin kuin uusilla valheilla.

Hän ei ollut kovin hyvä valehtelemaan. Ylermi Nuppulan kanssa keskustellessakin hän oli mennyt miltei paniikkiin.

Hän nousi autosta, kouri pusakantaskusta kolikoita. Taskussa oli kirje. Se oli Vaipion asunolla ollut kirje. Hän muisti sen nyt hyvin. Hän oli tiirikoinut lipastonlaatikot auki ja oli laatikoista löytänyt vain papereita ja yhden kirjeen. Kun oli joutessaan uudelleen tutkimassa papereita, oli ikkunan takaa metsässä kuunvalo osunut jonkun auton kattoon ja hän oli pelästynyt. Hän oli kai kirjeen aivan ajatuksissaan työntänyt taskuunsa.

Hän istui takaisin autoon. Suuhun tuli paha maku, kahvia ei tehnyt enää mieli. Hänen pitäisi päästä kirjeestä eroon, hän ajatteli, mitä pikemmin sitä parempi, tiputtaa se vaikka moottoritien varteen.

Hän jatkoi matkaa. Tiellä oli paljon liikennettä. Moottoritieltä hän kääntyi taukopaikalle, ajoi aivan tien reunaan ja seisahtui. Hän pyyhki kirjeestä sormenjäljet huolellisesti, viskasi sitten kirjeen ojaan. Kukaan ei tainnut sitä nähdä.

Asia vaivasi häntä niin, että jo muutaman kilometrin ajettuaan teki mieli palata takaisin, etsiä kirje ojasta ja polttaa se.

Hän ajoi kotikylästään ohi, kääntyi vasta seuraavasta liittymästä Nummelaan. Sekin oli hieman liian lähellä kotia, moni kotikyläläinen voisi hänet nähdä, udella mitä hän Nummelassa teki. Pitäisikö hänen keksiä jostain ostettavaa Nummelan kaupoista, jotain mitä ei kotikylän kaupoista saanut.

Hän pysäytti auton Citymarketin parkkipaikalle, istui vain ja mietti. Hän oli tehnyt virheen, millä ei ehkä olisi mitään merkitystä. Olisi todella huonoa tuuria, jos kirjeen löytäisi joku joka osaisi yhdistää sen Vaipion huvilalle tehtyyn murtoon. Mutta niin voisi tapahtua, ja niin elokuvissa tapahtuikin. Juuri tuonkaltaisen virheen takia poliisi voisi hänen jäljille päästä. Hänen pitäisi jatkossa olla entistäkin varovaisempi. Oli hän sentään muistanut pyyhkiä kirjeestä sormenjäljet.

Ei hän keksinyt mitä kaupoista ostaisi, jatkoi matkaa kotiin, harmitteli sitäkin kun palasi kotiin niin paljon myöhemmin. Jos vaimo kysyisi jotain, hän joutuisi keksimään selityksiä.

Vaimoa ei näkynyt vielä jalkeilla. Siinä ei ollut mitään outoa, vaimo kun toimi tarjoilijana, oli ehkä tullut kotiin vasta aamuyöllä. Hän keitti kahvia, kulki kahvimukin kanssa olohuoneeseen, istui palapelin ääreen. Se oli isompi palapeli kuin mitä hän koskaan oli kasannut, paloja 13200. Palapeliä kootessa hän unohti tekemänsä murron ja kaiken siihen liittyvän. Hän leikitteli ajatuksella, että elämä oli kuin palapeli johon aluksi muut, isä ja äiti ja opettajat liittivät palasia. Myöhemmin hän liitti siihen palasia itse, ja suunnitteli uusia palasia. Hän oli näkevinään oman elämänsä palapelinä, puutteessa eletyt lapsuusvuodet, jotkut niistä palasista olivat hyvin kirkkaita, ja ne pääosin joku toinen oli yhteen sovittanut. Nuoruusvuodet olivat omana osana, siinä oli kirkkaiden palasten joukossa sysimustia paloja, niin että näytti kuin ne eivät toisiinsa voisi sopia. Hieman vanhempana palaset olivat harmaita, armeija ja työelämä ja avioelämä, kaikki harmaita ja toistensa näköisiä. Ainoan värin siihen osioon toivat murtokeikat, jotka aluksi olivat kirkkaita paloja, mutta nykyisin nekin palaset olivat jo kovin haaleita.

Hän ei kuullut vaimon tuloa, havahtui vasta kun vaimo sanoi:

– Sinua käytiin kysymässä.

– Kuka kävi?

– Ei sanonut nimeään. Kaksi niitä oli.

– Mitä oli kaksi?

– Niitä hakijoita. Kaksi miestä kävi etsimässä sinua.

Hän ei ollut aivan varma, menikö hän shokkiin, vai mitä hänelle tapahtui. Kotvasen päästä kun taas tajusi jotain, hän seisoi edelleen sijallaan olohuoneessa palapelin pala kädessä, mutta vaimo oli kadonnut.

Hän kävi vilkaisemassa keittiöön. Vaimo oli syömäpuuhissa. Kovin kauaa hän ei siis ollut tolkuttomana sijallaan seissyt.

Palapeli ei enää kiinnostanut. Hän jäi sohvalle miettimään, kuka häntä olisi voinut kysellä. Töistä ei koskaan perään huudeltu, ei edes soitettu hänelle. Tuntui varmalta ettei ainakaan vapaapäivän jälkeen aamulla kukaan voisi häntä töissä kaivata. Eikä hänellä ollut tuttavia, jotka häntä kävisivät kyselemässä.

Voisiko olla, että poliisit olivat jo hänen kannoillaan? Miten voisivat niin nopeasti päästä hänen jäljille. Entä jos etsivät häntä jonkun edellisen murtokeikan takia. Jos hän oli jo aikaisemmin tehnyt virheen, mitä ei ollut huomannut. Mutta jos poliisi häntä kyseli, kai olisivat näyttäneet vaimolle virkamerkkiä.

Pitäisikö uskaltaa vaimoa tentitä?

Hän asteli keittiön ovelle ja kysyi:

– Niin keitä kävi kysymässä.

– Eivät kertoneet nimiä, vaimo vastasi katsetta viilipurkista nostamatta.

– Nuoria, vanhoja, lihavia, laihoja, hän sanoi.

– En minä paremmin katsonut. Kysyivät vain sua, ja kun et ollut kotona, niin lähtivät saman tien.

– Jotain työasioita varmaan, hän sanoi.

Vaimo ei tuntunut kiinnittävän häneen mitään huomiota, ei ollut kiinnittänyt aikoihin. Silti häntä huolestutti. Hän oli tullut myöhemmin kotiin kuin tavallisena työpäivänä.

– Kävin Nummelassa, hän sanoi, ja aikoi jatkaa että oli muka lankaleikkuria aikonut ostaa, mutta vaimo asteli hänestä piittaamatta makuuhuoneeseen.

Sellaiseksi heidän avioliitto oli ajautunut. Ei siinä alun alkaenkaan ollut mitään hohtoa ollut, mutta nyt ei ollut jäljellä enää mitään. He olivat kuin kaksi ventovierasta ihmistä asumassa saman katon alla.

Hän kaatoi mukiin lisää kahvia, vaikka entistäkin oli jäljellä. Oli vaikea saada ajatuksia pysymään kasassa. Ensin oli häirinnyt se auto, jonka oli nähnyt huvilan ikkunasta. Silloin hän oli vahingossa työntänyt kirjeen taskuun. Toinen auto oli kiertänyt taukopaikan kuin olisi etsinyt jotain. Ja nyt joku tai jotkut olivat käyneet häntä kyselemässä.

Oliko noilla asioilla jotain yhteyttä toisiinsa?

Matkalla Sammaleisen varastolle hän oli uskonut, että häntä seurattiin. Ja varastolla oli ollut tunne, kuin joku katseli häntä.

Hänen pitäisi löytää paikka missä voisi rauhassa miettiä. Hän uskoi tietävänsä, missä sellainen paikka oli.

3.

Mökille oli enää muutama kilometri matkaa. Edessä ajoi traktori. Se ei väistänyt tienreunaan. Ei hän jaksanut sitä ohittaa. Valvotun yön jälkeen hän oli ajanut yli puolitoista tuntia päästäkseen mökille. Silmiä painoi, hartioita kolotti. Pitäisi päästä mökille lepäämään, unohtaa hetkeksi kaikki.

Hän ei käsittänyt mikä keikassa oli mennyt pieleen, vai oliko pieleen mennyt kaikki, tai ei mikään. Hän oli ollut huolellinen kuten ennenkin, mutta jokin ei ollut nyt kohdallaan.

Sitä hän oli miettinyt koko matkan.

Hän oli lähtenyt ajamaan mökille ollenkaan miettimättä sitä, että vaikuttaisiko se paolta jos häntä kysymässä käyneet olivat poliiseja. Lähdöstä hän ei ollut kertonut edes vaimolleen. Sekin voisi vaikuttaa epäilyttävältä. Mutta toisaalta niin hän oli tehnyt useasti ennenkin, lähtenyt ajamaan kenellekään mitään kertomatta. Sen voisi vaimo todistaa.

Taakse alkoi kerääntyä jonoa. Mutta aivan pian hän kääntyisi tieltä pienemmälle tielle. Se veisi hänet mummon mökille turvaan. Traktori kääntyi risteyksessä samaan suunaan kuin hänkin. Hän aikoi risteyksessä päästä traktorista ohi, mutta joutui samassa hiljentämään. Vastaan tuli autoja. Matkaa oli jäljellä vain pari kilometriä. Voisi hän sen aikaa körötellä traktorin perässäkin.

Traktorin kuski tuntui tuijottavan häntä yhtenään peilistä, käänsi välillä päätä nähdäkseen hänet kunnolla. Hän päätti sittenkin ohittaa traktorin. Seuraavan mäen päältä hän näkisi, ettei vastaan tulijoita olisi tulossa. Hän laittoi vilkun päälle. Oltiin jo niin lähellä mökkiä, että hän mäen päältä näki peltojen takana sijaitsevan mökin. Se oli mökki jonka äidin vanhemmat olivat rakentaneet ja hänen äiti oli mökissä syntynyt ja elänyt sen vähän minkä oli elänyt. Oli äiti sentään elänyt naimaikään, synnyttänyt yhden lapsen ja pian sen jälkeen kuollut. Äidin kuoleman jälkeen isä oli ajautunut oman äitinsä hoiviin, ottanut mukaan hänet. Mitään muuta omaisuutta ei isällä kai ollutkaan. Äidin vanhempien kuoltua mökki oli jäänyt ränsistymään. Itse hän oli nuorukaisena käynyt paikalla kavereiden kanssa juopottelemassa, myöhemmin oli käynyt vain kerran tai pari kesässä. Avioiduttuaan Sannan kanssa hän oli välillä unohtanut koko mökin. Viime aikoina hän usein kyllä mietti sitä, että myisi paikan pois. Maapala voisi olla jonkin arvoinen, ainakin tulevaisuudessa. Mutta joutuisiko hän ne rahat jakamaan Sannan kanssa? Sitä hän ei halunnut. Ainakin edellisellä kerralla käydessä mökki oli ollut ehjä. Sen lähellä sijaitsi talviasuttavia taloja, niin etteivät vorot tai huligaanit tai kulkurit mökkiä turmelleet.

Nyt maantiellä juuri mummon mökin kohdalla seisoi auto, tumma henkilöauto.

Hän oli jo lähtenyt ohittamaan, mutta käänsi samassa takaisin traktorin taakse. Traktorin kuski tuijotti häntä peilistä, koputti sormella ohimoa.

Enää hän ei oikein päässyt kääntymään ympäri. Tienhaaroja ei peltoja halkovassa maantiessä sillä kohtaa ollut. Jos tummassa autossa oli poliiseja häntä odottamassa, he voisivat nähdä jos hän niin kapealla tiellä yrittäisi vekslata ympäri.

Hän ajoi hitaasti traktorin perässä auton sekä mökin ohitse. Auton sisällä ei ollut ketään. Mökin ulko-ovella seisoi mies. Hän ei nähnyt muita, mutta hän arveli että jos olivat poliiseja, toinenkin poliisi jossain lähellä oli. Sydän takoi rinnassa raskaasti.

Vasta kun oli ajanut autosta reilusti ohi, hän muisti, että olisi pitänyt ottaa rekisterinumero talteen, niin olisi myöhemmin voinut tarkistaa kuka auton omisti. Peilistä hän ei enää rekisterikilven merkkejä nähnyt, ei edes autonmerkkiä. Tummansininen se oli väriltään.

Traktori kääntyi hetken päästä pellolle. Yhä kuski näytti tuijottavan häntä.

Hän ajoi pikkutietä kilometrin toisensa jälkeen. Ei hän löytänyt mitään paikkaa mihin olisi pysähtynyt. Tuntui että kaikkialla herättäisi huomiota. Maantielläkään ei ollut hyvä olla. Jos häntä hakemassa olleet miehet olivat poliiseja, niin takuulla he silloin tiesivät, minkälainen auto hänellä oli ja tiesivät myös rekisterinumeron. Oli ehkä ollut silkkaa hyvää tuuria, että poliisit olivat olleet poissa autonsa luota juuri silloin kun hän ajoi ohi. Mutta seuraava poliisi joka hänet näkisi, tai näkisi edes hänen auton, lähtisi perään ja pidättäisi hänet.

Ajatukset laukkasivat päässä oudon villisti. Hänen pitäisi seisahtua ja ajatella kaikessa rauhassa. Pitäisikö ajaa auto jollekin suurelle parkkipaikalle, lähteä itse linja-autolla tai junalla jonnekin vaan. Se vain tuntui niin turhalta. Jos virkavalta hänen kintereillä oli, niin kyllä he hänet ennen pitkää kiinni saisivat.

Hän ajoi Lempäälän keskustaan, pysäköi auton parkkipaikalle, minkä laidalla sijaitsivat ainakin K-kauppa ja Alko. Parkkipaikalla oli runsaasti autoja ennestään. Hän ajatteli, että jättäisi auton parkkipaikalle, lymyilisi itse päivän jossain lähellä, niin lähellä että näkisi jos poliisi seisahtuisi hänen autoa tutkimaan.

Aamiainen oli jäänyt väliin, eikä yölläkään ollut tullut syötyä mitään. Nälkä kouraisisi mahaa.

Hän lukitsi auton ovet. Aivan lähellä sijaitsi kirkko ja hautausmaa. Hän löysi penkin, mistä näki parkkipaikalle. Eväiksi hän nouti kaupasta maitoa ja makkaraa. Harvat ohikulkijat eivät tuntuneet häntä panevan merkille. Pienen matkan päässä oli pieni ryyppyjengi kokoontumassa. Heistä yksi jo veti nokosia nurmikolla.

Hän siirtyi penkille syömään eväitä. Makkara ja maito maistuivat, mutta kylläinen olo ramaisi. Hän haki paikkaa missä voisi levätä. Sellainen näkyikin pienen matkan päässä. Siinä oli loivaa rinnettä ja ruohikkoa, muutamia isompia puita ja pusikko. Pieni ryyppyjengi jäi pusikon toiselle puolelle. Vaikka hän nukahtaisi umpiuneen, häntä tuskin pantaisiin merkille. Luulisivat hänen olevan ryyppyjengissä väsynyt juomari. Sijaltaan hän näki kaupan parkkipaikan ja oman autonsa.

Hän löysi hyvän asennon, antoi ajatuksien kulkea menneeseen. Hän oli murtoja tehnyt jo vuosien ajan, joskus tiheämmin ja joskus harvemmin. Kertaakaan hän ei ollut jäänyt kiinni. Hän olisi tiennyt montakin tapaa miten asuntoon sisälle tunkeutua. Olisi hän Vaipion huvilan ikkunan voinut leikata lasiveitsellä rikki ja vaikka paikatakin sen niin ettei omistaja edes huomasi kenenkään taloon murtautuneen. Ulko-oven lukon hän olisi pystynyt tiirikoimaan auki. Autotallista hän oli päässyt helpoiten sisälle. Silti hän oli rikkonut takaoven, murtautunut siitä sisälle uudelleen.

"Mene sisälle autotallin ovesta. Se ovi ei hälytystä tee. Autotallissa on hälyttimen kaappi. Se löytyy helposti. Se on vuosimallia 1990. Se on ihan helppo nakki. Voit koko yön hääriä ihan rauhassa."

Niin Jaakko Maurila oli sanonut ja ollut yhtä vakuuttava kuin aina ennenkin. Ja perillä kaikki oli sujunut yhtä hienosti kuin ennenkin, paitsi se auto metsätiellä. Mutta sitä Jaakko ei kai voinut ennustaa.

"Se Joupila ei sinne ainakaan tule, siitä mä olen ihan fakta. Mä juotan sen niin känniin, ettei se pysy yöllä tolpillaan. Mä vaikka kolkkaan sen, jos ei muu auta. Muita siellä ei pitäisi olla lähelläkään."

Jaakko Maurila oli omansa osuutensa tehnyt hyvin, kuten ennenkin. Mutta olisiko joku silti voinut nähdä hänet, vaikka hän ei ollut nähnyt ketään. Hän oli ollut yhtä huolellinen kuin aina. Sormenjälkiä hänestä ei jäänyt, ei myöskään kengänjälkiä, eikä dna:ta. Hän oli ollut varovainen, kuten aina. Hän oli...

Hän havahtui hereille. Ryyppyjengissä äänet olivat kovia. Maantielle oli pysähtynyt poliisin mustamaija. Ryyppyjengi selitti jotain kiivaasti. Poliisit yrittivät herätellä nukkuvaa juomaria, aikoivat kai ottaa miehen mukaan.

Hän nousi kiireesti ylös, putsasi vaatteista roskat. Toinen poliiseista katsoi häneen, mutta kun näki hänen pysyvän hyvin jaloillaan, ei kiinnostunut. Sen sijaan ryyppyjengin nukkuvan jäsenen poliisit taluttivat autoon. Ryyppyjengi huuteli perään. Poliisiauto ajoi hitaasti maantielle, kääntyi sitten kaupan parkkipaikalle. Poliisi ajoi hänen auton vierestä ohi, mutta eivät kiinnittäneet siihen huomiota.

Sydän takoi silti villisti. Hän oli nukahtanut keskellä kirkasta päivää. Se olisi voinut koitua kohtalokkaaksi. Jos poliisit olivat vieneet hänet selviämään, olisivat tarkistaneet oliko hänestä haku päällä.

Hänen pitäisi lähteä jonnekin. Hänen pitäisi nukkua, niin että osaisi taas ajatella selkeästi. Siihen auttaisi vain muutama tunti unta oikeassa vuoteessa, paikassa missä ei tarvinnut varoa ja pelätä.

Kaikki oli tapahtunut aivan liian nopeasti. Vielä eilen hän oli ollut kuin kuka tahansa ihminen, nyt hän oli... Niin, mitä hän oli? Oliko poliisi etsintäkuuluttanut hänet?

Ehkä pitäisi ottaa yhteyttä Maurillaan, ehkä Maurila tietäisi mistä oli kyse. Mutta puhelinkioskeja ei enää ollut. Jos omalla kännykällä soittaisi Maurilalle ja puhelimeen vastaisikin poliisi, siinä olisi taas selittämistä.

4.

Kotiin hän ei voinut mennä, koska häntä oli sieltä etsitty. Maurilalle hän ei uskaltanut soittaa, kun pelkäsi että puhelimeen vastaisi poliisi. Jäljelle jäi Usko Sammaleinen. Hän ei tiennyt missä Sammaleinen asui, ei tiennyt edes puhelinnumeroa. Sammaleinen ei sellaisia asioita levitellyt. Juuri siksi hän miehestä piti. Sammaleisen hän oli vain muutaman kerran tavannut, vähän lähemmin silloin kun Maurila oli hänelle näyttänyt minne ensimmäiseltä keikalta saadut tavarat tuli toimittaa. Silloinkin mies oli vain piipahtanut paikalla, oli vetäytynyt oitis syrjään kun sai asiansa selitettyä. Hän oli siitä ja vähän muustakin päätellyt, että Sammaleinen oli varovainen, yhtä varovainen kuin hän. Siitä syystä hän kunnioitti Sammaleista, ei ollut koskaan edes Jaakolta kysynyt miehestä mitään tietoja. Hän toivoi, ettei Sammaleinenkaan kyselisi mitään hänestä. Sen hän Sammaleisesta tiesi, ettei tämäkään ollut koskaan jäänyt kiinni. Siinäkin Sammaleinen oli samanlainen kuin hän. Hän uskoi myös, ettei Sammaleinenkaan omannut mitään erikoisia taitoja tai lahjoja, mutta silti pärjäsi paremmin kuin monet muut lainsuojattomat olemalla varovainen ja huolellinen. Hän oli arvellut, ettei Sammaleinen varovaisuuttaan halunnut naamansa näyttää edes hänelle, ja se sopi hänelle hyvin, tai oli sopinut tähän asti.

Sammaleisen varasto sijaitsi teollisuusalueella syrjässä vähän kaikesta. Iltapäivän auringossakin se näytti olevan kuin varjossa. Ympärillä oli samanlaisia varastoja, pieniä tehtaantapaisia ja paljon romua ja roskaa, vähän puita ja pensaita. Koko paikka oli kuin Luojan hylkäämä.

Sammaleisen varastossa hän oli käynyt usein, hakenut sieltä illalla Sammaleisen pakettiauton ja palauttanut sen täytenä aamuvarhaisella. Koskaan hän ei paikalla ollut nähnyt ketään. Hän ei tiennyt mitä Sammaleinen varastollaan teki, paitsi että välitti varastettua tavaraa. Pieni kyltti rakennuksen seinällä kertoi, että varasto muka olisi logistiikkakeskus. Hänestä koko paikka muistutti enemmän jotain korjaamoa. Aina kun hän sisällä oli käynyt, oli hallissa ollut useampiakin osin purettuja koneita, autoja, traktoreita, trukkeja. Kauempana tosin oli näkynyt jotain laatikoita, mutta ne jäivät hämärään, eikä hän ollut koskaan halunnut tutkia mitä laatikot sisälsivät. Myös pieni toimistokoppi isojen ovien vieressä oli aina pimeänä ja ovi lukossa.

Nyt varaston isot ovet olivat auki. Hän näki sen kauaksi, pysäytti auton tienlaitaan.

Tienoo ei muutoinkaan ollut yhtä autio kuin muulloin hänen paikalla käydessä. Naapuritontin pihalla ajoi joku trukkia. Kauempana parkkipaikalla näkyi autojen luona pari ihmistäkin. Elettiin sitä aikaa iltapäivästä, että jotkut jo lopettivat päivän aherruksia, toiset vielä jatkoivat. Jos hänellä olisi normaali työpäivä, hän vielä nukkuisi.

Hän ajoi hiljaista vauhtia Sammaleisen varaston ohi, yritti nähdä varastoon sisälle. Hänen käyttämänsä pakettiauto oli samalla paikalla, mihin hän sen oli jättänyt. Joku ihminen auton luona seisoi, mutta ei hän nähnyt oliko mies Sammaleinen vai joku muu.

Hän jätti auton parkkipaikalle muiden autojen joukkoon, asteli kävellen takaisin. Sammaleisen varasto oli verkkoaidalla erotettu muista samanlaisista paikoista. Sisäpuolelle ei päässyt kuin portista. Maantieltä varastoon sisälle ei hyvin nähnyt. Pihalla oli rojua näköesteenä, suuri öljysäiliö pahimmilleen tiellä. Aidan ja maantien välinen oja kasvoi vesakkoa.

Olisi päästävä lähemmäksi. Jos laskeutuisi ojaan, hän näkisi pukkien varassa olevan öljysäiliön alitse. Mutta silloin hänet nähtäisiin maantien toiselta puolelta. Vaikka siellä ei sillä hetkellä ketään näkynyt, kuului selvästi työn ääniä ja ikkunoissa vilahteli päitä.

Hän laskeutui ojaan, noukki käteensä muutaman ruohon. Jos joku häntä tien toiselta puolen tarkkailisi, pitäisi häntä ehkä jonain luontoharrastajana. Ei haittaisi vaikka hän saisi kahelin maineen, kun oli kaukana kotoa. Ojasta hän näki varastoon. Sammaleinen oli pakettiautossa sisällä, siirteli tavaroita sinne tänne, painavampia ei siirtänyt, mutta kurkki niiden taakse ja alle. Pari nojatuolia oli nostettu pakettiautosta varaston lattialle ja siltä näytti, oli rikottu. Televisiosta näytti takakansi olevan tiessään. Sammaleisen touhussa ei muutenkaan näyttänyt olevan mitään tolkkua. Mies repi ja potki tavaroita, vaikka Maurila oli vihjannut että ne voisivat olla antiikkia. Näytti kuin mies etsisi jotain. Välillä mies levitteli käsiään.

Jostain ilmestyi mies Sammaleisen seuraksi. Mies jäi seisomaan auton luo niin, ettei hän nähnyt miehestä kuin selän.

Hän ei nähnyt ojasta tarpeeksi hyvin. Pitäisi uskaltautua portista sisälle. Hän noukki lisää ruohoja nyrkkiin, asteli maantietä portin ohi. Varaston oviaukossa seisoi toinen mies, tuntui että mies katsoi häntä.

Hän jatkoi kulkua, ihaili kulkiessaan löytämiään ruohoja, apiloita ja voikukkaa. Vasta risteyksessä hän kääntyi katsomaan taakseen. Mies oviaukosta oli kadonnut.

Kuka oli varaston ovelle ilmestynyt mies? Poliisiko? Miehellä oli ollut ruskehtavat puvunhousut ja tiilenruskea paita. Ei mikään lihava mies, mutta ei laihakaan. Hän arveli miehen olevan keski-iässä. Sen enempää hän ei ollut nähnyt. Toisesta miehestä hän oli nähnyt vain selän. Tuli mieleen, että oliko se sama selkä jonka oli nähnyt mummonmökillä kun ajoi ohi. Kokonsa ja leveytensä puolesta se voisi ollakin.

Hän käveli risteykseen, kääntyi oikealle ja seuraavasta risteyksestä taas oikealle. Kadulta hän näki Sammaleisen varaston takapihan. Se oli vielä siivottomampi kuin etupiha. Pihalla oli kuormalavoja kasoissa ja osa irrallaan, oli mitä lie kuljetushäkkejä, oli tyhjiä kaapelikeloja. Kaikki metalliesineet mitä näki, olivat ruosteisia, kaikki puutavara lahoa. Vesakkoa ja horsmaa kasvoi pälvinä siellä täällä asfaltin halkeamista. Rakennuksen päädyssä seisoi parkissa auto. Oliko se Sammaleisen auto? Miten se olikaan tutunnäköinen. Tummansininen henkilöauto. Merkistä hän ei saanut selvää. Aivan samanvärisen auton hän oli nähnyt maantiellä mummonmökin kohdalla.

Hän jatkoi sivuilleen vilkuilematta matkaa. Sydän takoi taas villisti. Oliko poliisi tavoittanut Sammaleisen, sama poliisi joka oli häntä etsinyt ensin kotoa ja myöhemmin mummon mökiltä. Jos niin oli, hän olisi liemessä. Jos poliisi tiesi Sammaleisen osuuden keikkoihin, niin silloinhan poliisi oli myös Maurilan ja hänen jäljillä.

Mutta miksi poliisi ei ollut pidättänyt Sammaleista? Oliko huonekaluihin piilotettu se satsi, mistä Jaakko oli vihjaillut? Kovin tarkasti hän ei pakettiautoon kantamiaan tavaroita ollut tutkinut. Jos poliisi pidättäisi sekä Maurilan että Sammaleisen, hän ehkä voisi vielä sen kätkön löytää.

Tie loppui roskaiseen ryteikköön. Hän loikkasi metsään, päätti pysyä ryteikön suojassa kunnes rauhoittuisi.

Hän potki kiukuissaan turpeita. Kaikki ei ollut kohdallaan, hän tiesi. Tai oikeammin mikään ei tuntunut olevan kohdallaan. Oli hän joskus aavistanut, että vielä joskus poliisi hänen jäljilleen pääsisi. Hän oli sen sadat kerrat mielessään kuvitellut, oli keksinyt toinen toistaan parempia selityksiä mitä poliiseille kertoisi. Nyt hän ei muistanut niistä yhtäkään. Hänen pitäisi rauhoittua. Hänen pitäisi keksiä valmiiksi selityksiä kaikkiin kysymyksiin mitä poliisi mahdollisesti kysyisi ja pitäisi vastaukset opetella ulkoa niin että ne osaisi ladella vaikka unissaan.

Mutta entä auto, joka seisoi Sammaleisen varaston takapihalla? Miksei hän nytkään huomannut ottaa rekisterinumeroa ylös.

Kun käveli viimein ryteiköstä autolleen, oli Sammalei-sen varaston portti kiinni, samoin kuin myös varaston ovi. Auto oli kadonnut takapihalta.

5.

Kioskin terassi oli miltei tyhjä asiakkaista. Vain Korsun Lauri istui Jaffaa juomassa. Hän päätti uskaltautua kioskille kahville, vaikka se olikin aivan liian lähellä kotia. Tuskinpa poliisit häntä tulisivat kioskilta etsimään, kun ei hän siellä usein käynyt.

Jo ajaessa kotiin päin hänestä oli tuntunut, että pelkäsikö hän aivan turhaan? Oliko hän aivan liian varovainen ja tullut siksi vainoharhaiseksi. Sammaleisen luona olevat miehet, hehän saattoivat olla aivan keitä tahansa Sammaleisen asiakkaita. Sehän oli näyttänyt ihan siltä, että Sammaleinen etsi jotain ryöstösaaliin seasta. Jospa hänen näkemänsä mies ei ollutkaan poliisi, vaan varastetun tavaran ostaja. Nojatuolit ja raskas televisio oli nostettu autosta ulos ja näytti kuin olisi rikottu. Mutta ehkä ne oli rikottu siksi, kun etsivät jotain salalokeroa. Olivatko jo löytäneet sen ja olivatko löytäjät poliiseja vai varastetun tavaran ostajia? Ehkä Sammaleinen kohteli tavaroita kaltoin juuri siksi, kun ei löytänyt mitään arvokasta.

Hänen mökillä käyneet taas saattoivat olla aivan toisia miehiä aivan toisilla asioilla. Oliko heissä muuta yhteistä, kuin tummansininen auto.

Toisaalta jos poliisi oli Sammaleiselta tai Maurilalta saanut hänen nimen ja tiedot, niin aivan turhaan hän vastaan pyristelisi. Ei hän pystyisi ulkomaille poliisia pakenemaan, ei ollut rahaa eikä ollut tietoa minne mennä. Ehkä hänen kannattaisi mennä kotiin, valmistautua työpäivää tai -yötä varten. Ehkä hänen pitäisi toimia kuten ennenkin.

Hän kaatoi mukiin kahvia, osti myös sämpylän, istui terassille. Hän havaitsi Laurin valpastuvan, mutta ei ollut miestä huomaavinaan.

Hän ajatteli, että vaikka poliisi hänet löytäisikin, niin eivät he pystyisi todistamaan mitään. Hän ei ollut jättänyt jälkiä rikospaikalle, kukaan ei häntä ollut nähnyt rikosta tekemässä. Hän oli ollut varovainen, niin varovainen kuin saattoi olla. Lakikirjoja hän oli lukenut sen verran, että suunnilleen tiesi oikeutensa. Ei virkavalta häntä vankilaan saisi, ellei hän itse tekisi virhettä tai ellei Maurila tai Sammaleinen hänestä lavertelisi.

– Mitä pirun riehujia ne oikein on ollut?

Hän luuli ensin että Lauri puhui jollekin parkkipaikalla olevalle jota hän ei nähnyt, mutta Lauri katsoikin suoraan häneen.

– En osaa arvata, hän vastasi.

– Olivat panneet kämpän ihan hyrskyn myrskyn vai? En ole täälläpäin kummempaa nähnyt tai kuullutkaan. Olivatko paljon varastaneet tavaraa?

– Ei kai sieltä kummempia ole viety. Kun ei mitään omista, niin ei mitään kadotakaan.

– Vietiinkö vaimosi Jorviin vai?

– Joo, Jorviinpa Jorviin.

Hänellä ei ollut aavistusta mistä Lauri puhui.

– Niin, et itse ollut paikalla silloin.

– En ollut. Olin ajelemassa. Piti mökillä käydä, mutta muutinkin sitten mieleni.

Kun Lauri vaikeni, hän huokasi helpotuksesta. Ei hän Lauria sen paremmin tuntenut, eikä halunnut tunteakaan. Lauri Korsu oli kioski-ihminen, joi kahvit ja muut juomat kioskilla, teki niin talvisinkin vaikka kahvi piti viedä ulos ja nököttää lumessa toppahaalareissa kuin pilkillä ollessa. Hän mieluummin olisi kartellut Lauria, kuten muitakin kioski-ihmisiä. Hän oli joskus huomannut, että kioski-ihmisten mukana juorut kulkivat kovin nopeasti.

Vasta kotvasen kuluttua Laurin esittämät asiat ylsivät hänen tajuntaan. Oliko siis vaimo pahoinpidelty? Hänen kotiin siis oli tunkeutunut väkeä, olivat penkoneet paikat ja siinä ohessa piesseet Sannan. Niin kai se oli ymmärrettävä. Voisiko hän kysyä Laurilta mitä oli tapahtunut, ilman että joutuisi selittämään omia menemisiään.

Koti oli hajotettu ja vaimo pahoinpidelty. Voisiko hän ajaa kotiin katsomaan mitä oli tapahtunut, vai olisiko paikalla poliisi häntä odottamassa?

Kioskia lähestyi Ylermi Nuppula. Hän päätti lähteä ennen kuin mies kioskille ennättäisi.

– On se vaan kummaa, kun vaimosi sillä tavoin pahoinpideltiin, Lauri Korsu pudisteli päätään totisena. – Luulen että on jotain huumeidenkäyttäjiä ollut asialla, eli voi olla tavallisia juoppojakin. Ne ne osaa kyllä tehdä kaikki metkut, ne pilviveikot varsinkin. Minä en itse ole käyttänyt enää edes viinaa.

Hän lähti autolleen. Hän tunsi Laurin katseen selässään, kulki kuin olisi kiire. Autoon sisälle päästyään hän ei tiennyt minne menisi, mitä tekisi. Asiat menivät pieleen vikkelämmin kuin mitä hän ehti käsittämään. Johtuiko Sannan pahoinpitely siitä murrosta, jonka hän oli tehnyt. Jos pahoinpitely johtui jostain muusta, niin miksi juuri nyt?

Kai hän sairaalaan voisi soittaa kännykälläkin? Ei haittaisi vaikka poliisi kuuntelisikin puhelua. Ei hän kuitenkaan kertoisi muuta kuin mitä huolestuneen aviomiehen sopikin puhua.

Sairaalasta tiedettiin kertoa, että Sanna Turanen oli tuotu sairaalaan, mutta oli vielä tutkittavana. Sannan tila ei kovin paha ollut, kyseessä oli vain mustelmia. Puhelimeen vastannut sairaanhoitaja sanoi vielä, että vaimo olisi jo viimeistään parin päivän päästä kotona.

Hän jäi autoon miettimään sitä, missä itse olisi parin päivän päästä. Ei hän ainakaan kotiin voisi mennä.

Hän ajatteli, että hänen olisi pakko saada Maurilaan yhteys, saada jotain selvyyttä asiaan. Vaikka Maurila ei asiasta mitään tietäisikään, voisi tämä kysellä omilta tuttaviltaan mitä nämä tiesivät. Maurilan numeroon ei kukaan vastannut. Oli taas lähdettä tien päälle, ajettava Hopeakumpuun ja perillä kolkutettava Maurilan oveen.

Ajaessa hän harmitteli sitä, kun ei ollut ketään jolta kysyisi neuvoa. Ei hän ollut koskaan valmistautunut pakenemaan. Ei hänellä ollut sitä varten suunnitelmaa, eikä hän tuntenut ketään keneltä kysyä neuvoa. Varkaille kun ei ole kouluja. Kaikki on opeteltava itse ja mieluummin yksin. Jos pyytäisi joltain toiselta varkaalta apua tai neuvoja, niin tieto siitä leviäisi alan piireihin ja sitä kautta ajanoloon myös poliisien vasikoille. Hänen touhuista tiesivät vain Maurila ja Sammaleinen, ei kukaan muu. Hän oli jopa ollut ylpeä ja tyytyväinen siitä, ettei ollut tarvinnut kenenkään apua.

Mutta etsintäkuulutetulle miehelle Suomi oli liian pieni maa. Piilopaikkoja ei liikoja ollut, ei varsinkaan jos ei tuntenut rikollisia piirejä. Ei hän keksinyt paikkaa missä voisi rauhassa lymytä ja miettiä, odottaa että kaikki hoituisi itsestään.

Ainoastaan Maurila saataisi auttaa tai ainakin neuvoa. Kun tapaisi Maurilan, voitaisiin yhdessä miettiä mitä poliisille selittää.

6.

Hän pysäköi auton Hopeakummun asuntoalueen parkkipaikalle. Autoja parkkipaikka oli jo aivan täynnä. Taloja ympärillä oli paljon, korkeimmat kuusikerroksisia. Hän muisti talon missä Maurila asui, kulki sen luo, arvio mikä ikkunoista oli Maurilan asunnon ikkuna. Maurila asui neljännessä kerroksessa ja ympärillä olevat ikkunat olivat aivan samannäköisiä.

Hän siirtyi hieman kauemmaksi talosta, löysi lopulta oikean ikkunan. Se loisti valoa. Valo näytti oudolta, liian vaalealta ja häilyvältä. Kohta hän tajusi, että se oli lähtöisin televisiosta, johon kai sekaantui kohdelampun valoa.

Jaakko siis oli kotona, tai ainakin joku oli tämän luona televisiota katsomassa. Miksi Jaakko ei ollut vastannut puhelimeen? Hän valitsi kännykästä uudelleen Jaakon numeron, antoi hälyttää kauan, mutta kukaan ei vastannut.

Hän ei Jaakon luona ollut käynyt enää vuosiin, ei sen jälkeen kun aloitti tämän kanssa rikollisen uransa. Oli silloin yhdessä sovittu, että parempi niin, että poliisi ei heitä osaisi yhdistää toisiinsa. Jaakko kun oli jo silloin monet kerrat vankilassa istunut ja poliisi tuntui pitävän rikollisina kaikkia jotka Jaakon seurassa tapasi. Hän taas oli pitänyt huolen siitä, että häntä ei rikollisissa piireissä näkynyt, eikä häntä sen takia osattaisi epäillä mistään. Ja Jaakko piti huolen siitä, että milloin hän keikalle lähti, hänellä itsellä oli alibi. Niin se oli toiminut.

Hän muisti, että Jaakko oli vaikuttanut kovin hermostuneelta heidän viimeksi tavatessa. Ei hän ollut osannut päätellä, mistä miehen levottomuus johtui. Pieni murtokeikka ei tuntunut syyltä hermostua. Hän oli arvellut, että ehkä Jaakolla oli vain paha krapula ja kova kiire jonnekin muualle. Oli siksi ollut tavallista hermostuneempi.

Silloin he olivat tavanneet Nummelassa. Siellä heitä

kumpaakaan ei kovin hyvin tunnettu…

Tuli samassa mieleen, että talon pääovi kai suljettaisiin kymmeneltä. Ilta jo hämärsi. Osin hämäryys johtui taivaalle nousevista paksuista pilvistä. Hämärässä hän kuitenkin tunsi itsensä rohkeammaksi.

Alakerran ovi oli vielä auki. Hän oli aivan sattumalta havahtunut sopivaan aikaan. Taas yksi pieni asia mitä hänen olisi pitänyt miettiä jo aikaisemmin. Seinällä olevasta taulusta hän näki, että Jaakko sentään vielä asui samassa paikassa. Sekin olisi pitänyt tarkistaa ennen kuin lähti ajelemaan koko Hopeakumpuun.

Kavutessaan portaita neljänteen kerrokseen hän toivoi, ettei kukaan tulisi häntä vastaan. Ei sillä suurta väliä ollut vaikka joku hänet näkisi, mutta heti sisälle tultuaan hän menetti rohkeutensa. Sisällä oli liian valoisaa.

Hän löysi Jaakon ovelle, soitti ovikelloa, mutta kukaan ei ovea tullut avaamaan. Se tuntui kummalta, kun hetkeä aikaisemmin hän oli nähnyt television valon loistavan ikkunasta, ja television äänen saattoi jopa kuulla rappukäytävään.

Voisiko hän tiirikoida asunnon oven auki? Se olisi hänelle helppo työ, paitsi jos joku sattuisi näkemään. Jos koko juttu lähtisi purkautumaan siitä, että joku täysin ulkopuolinen mitättömyys soittaisi poliisille siitä että hän tiirikoi rikostoverinsa ovea auki. Ja toisaalta, mitä Jaakko itse siitä pitäisi.

Mutta useakaan ovikellon painallus tai koputus ei tuonut toivottua tulosta. Piti kaivaa tiirikka esille. Ovi aukesi helposti ja hän livahti sisälle ennen kuin tajusi, että ovi kai aukesi aivan liian helposti. Oliko se lukossa ollutkaan?

Lyhyt käytävä oli pimeä. Hän astui varovasti sen poikki olohuoneeseen. Jokin oli pahasti pielessä. Asunto oli aivan sikin sokin. Oli kuin sieltä olisi tapeltu.

Hän jäi hämärään odottamaan. Kuului vain televisiosta tulevia ääniä, englanninkielistä puhetta, taustalla jotain musiikkia.

Hän oli joskus kuullut, että Jaakko sekoili pahasti milloin käytti viinaa ja lääkkeitä samaan aikaan. Oli tämä kodissaan riehunut ennenkin, kuulemma joskus viskannut jopa television ikkunasta ulos kadulle. Mutta kun tarkemmin katsoi, ei Jaakon asunto aivan siltä näyttänyt, kuin siellä sekopää olisi riehunut. Pikemminkin kuin sieltä olisi etsitty jotain. Laatikot oli kaikki vedetty auki ja sisältö valutettu lattialle. Myös hyllyjen kirjat oli otettu hyllystä lattialle, mutta itse hyllyjä ja kaappeja siirretty vain sen verran, että niiden taakse pystyisi näkemään. Sohvatyynyt olivat pinossa lattialla, olivat kaikki viilletty auki. Matto oli kääritty rullalle. Televisio suolsi edelleen jotain englanninkielistä ohjelmaa, mutta oli käännetty niin päin että ohjelmaa olisi pitänyt seurata ikkunan takaa ja teeveen takakansi oli tiessään. Yhdessä nurkassa oli jotain klapeja ja mitä lie kankaita. Ne näyttivät aivan maalauksilta ja vieläpä tutuilta maalauksilta. Mutta miksi kehykset oli pienitty palasiksi?

Hän astui varovasti peremmälle. Keittiössä ei ollut ketään, vain sotkua. Makuuhuone oli pengottu yhtä lailla kuin olohuone. Jäljellä oli enää kylppäri. Hän avasi oven. Joku makasi mahallaan lattialla raajat levällään.

Oviaukosta tuleva valo ulottui vain makailijan jalkoihin. Silmä tottui hitaasi pimeään. Hän astui lähemmäksi, tajusi että makailija oli Jaakko itse, oliko viinasta tai lääkkeistä sammunut kesken kaiken. Hän kumartui lähemmäksi, mutta näki samassa lätäkön Jaakon pään vieressä. Se näytti sakealta.

Hän kumartui Jaakon puoleen, etsi pulssia kaulasta, mutta tajusi oitis että mies oli kuollut, niin kuollut kuin vain olla ja voi. Eikä vain kuollut, vaan ilmiselvästi tapettu. Keskellä otsaa oli pieni reikä, takaraivo oli poissa miltei kokonaan ja seinille oli roiskunut verta ja mitä lie aivomassaa. Jaakko oli ammuttu omaan kylppäriin, miltei kuin teloitettu.

Hän perääntyi kylppäristä, harppoi yksintein ovesta käytävälle, löi oven perässään kiinni. Vasta siellä tuli mieleen, että joku voisi ovisilmästä nähdä hänet ja hän pakottautui kulkemaan kiireettömin askelin. Ulko-ovi oli jo kiinni, mutta se avautui kun painoi pientä vipua, kun vain sai sormen osumaan vivulle ja pysymään siinä hetken aikaa. Ulko-ovelta hän juoksi autolle, istui ratin taa, oli aikeissa käynnistää auton, mutta ei tiennyt minne ajaisi. Ei hänellä ollut oikein mitään paikkaa minne mennä.

Jaakko Maurila oli kuollut. Hän oli nähnyt Jaakon maakaavan kylppärin lattialle, oli nähnyt verilammikon ja pyöreän reiän Jaakon otsassa, ja pääkallon missä ei ollut takaraivoa jäljellä. Se näky oli niin totta, että sitä oli vaikea todeksi uskoa. Jokin siinä oli tuonut mieleen, että Jaakko oli teloitettu, marssitettu aseella uhaten kylpyhuoneeseen sotkun välttämiseksi ja ammuttu keskelle otsaa.

Jotain oli pielessä, pahasti pielessä, hän tajusi ja takoi käsillä auton rattia. Siitä lähtien kun sai työnsä tehdyksi Vaipion asunnolla, kaikki oli mennyt pieleen, aivan kaikki. Oliko siitä vasta vajaa vuorokausi, kun oli Vaipion asuntoon murtautunut. Itse keikka oli sujunut hyvin, mutta loppupuolella hän oli ikkunasta nähnyt auton läheisellä pikkutiellä. Siitä pitäen kaikki oli mennyt vastoin suunnitelmia. Koko päivän hän oli kulkenut paikasta toiseen kuin takaa-ajettu, vaikka hän itse asiassa taisi olla takaa-ajajiaan jäljessä.

Aluksi hän oli uskonut, että hänen kannoilla oli poliisi. Mutta sitten joku oli pahoinpidellyt vaimon. Se ei voinut olla poliisin tekosia, kuten ei myöskään Jaakko Maurilan tappo tai murha tai teloitus. Entä Sammaleisen varastolla näkemänsä miehet, olivatko poliiseja vai jotain aivan muuta?

Jokin oli pielessä, pahasti pielessä.

Hänen pitäisi lähteä jonnekin. Ei hän parkkipaikalle

voisi jäädä autoon nukkumaan. Jos joku oli nähnyt hänen menevän Maurilan asuntoon ja juoksevan sieltä pois, tulisi uteliaaksi ja menisi tutkimaan, löytäisi ruumiin ja soittaisi poliisin paikalle. Kohta koko tienoo kuhisisi poliiseja.

Maurilan oveen taisi jäädä häneltä sormenjälkiä, hän tajusi samassa. Ainakin ovikellon soittonapista löytyisi hänen peukalonjälki. Ei hän ollut mennessä ajatellut, että oli menossa rikospaikalle.

Taas hän oli tehnyt pienen virheen. Heti kun asiat alkoivat mennä pieleen, hän oli tavan takaa tehnyt pieniä virheitä. Hänen pitäisi olla varovainen. Sitä hän oli aina hokenut itselleen. Hän oli keikkoja tehnyt vuosien saatossa jo useita, oli aina keikan suunnitellut huolella, oli aina varautunut pahimpaan, oli tehnyt lukuisia varasuunnitelmia siltä varalta että keikka jossain kohti menisi pieleen. Mutta nyt hän teki pieniä virheitä toisensa jälkeen.

Eikä hän tiennyt edes sitä, minne menisi, minne jättäisi auton.

Hänen pitäisi nukkua, selvittää siten ajatuksia. Ehkä nuo kaikki viimeisimmät virheet johtuivat siitä, kun ei ollut kunnolla nukkunut sen jälkeen kun viimeiselle keikalle lähti. Jos poliisi hänet nyt pidättäisi, hän unenpuutteen takia puhuisi itsensä vankilaan.

Hän käynnisti auton, ajoi maantielle ja keskustaan, pysäköi uudelleen isolle parkkipaikalle. Ei hän sielläkään olisi turvassa. Jos poliisi etsi häntä, auto löytyisi yöllä miltei tyhjältä parkkipaikalta helposti. Olisiko viisaampi jättää auto jonkun asuinalueen parkkipaikalle muiden autojen joukkoon? Siellä se voisi kiinnittää asukkaiden huomion.

Vatsanpohjaa kouraisi kipu. Oliko hän joutumassa paniikkiin?

Hän ajeli hetken sinne tänne, seisahtui viimein lähelle rautatieasemaa. Siellä sentään oli vielä muutamia autoja parkissa. Mutta voisiko sielläkään rauhassa nukkua aamuun. Poliisit kai etsivät punaista Ford Fiestaa, jonka rekisterikilvissä oli JRV-477. Auto voisi missä tahansa osua poliisin silmiin.

Pitäisikö hänen varastaa auto? Pitäisi valita auto, joka ei olisi kovin vanha, mutta ei aivan uusikaan. Mutta jos hän varastaisi auton, ei sillä huoletta voisi kauaa aikaa ajella. Jo aamulla auton omistaja ilmoittaisi autonsa varastetuksi ja sen jälkeen poliisi sitä etsisi yhtä huolellisesti kuin hänen omaa autoa.

Hän kouri taskuihinsa pienen ruuvimeisselin, pihdit ja jakoavaimen, asteli parkkipaikan reunalle varjoon. Maantiellä liikennettä kulki enää harvakseen. Junia kulki päivisin puolen tunnin välein, mutta niiden vuorot yöllä harvenisivat. Muutaman korttelin päässä kapakka vielä raikui meteliä. Se sulkisi ovensa vasta kolmelta. Niin kauaa hän ei voisi odottaa

Pienen matkan päästä hän löysi sopivan auton. Se oli aivan tavallinen Volvo, vanha ja vähän rusikoitu, sijaitsi sopivasti varjossa. Hän ajoi oman auton Volvon viereen, irrotti siitä rekisterikilvet, teki saman Volvolle, oman auton kilvet hän ruuvasi Volvoon kiinni, Volvon kilvet omaan. Voisi kulua kauankin, ennen kuin Volvon omistaja tajuaisi rekisterikilpiensä vaihtuneen. Silloin sillä ei kai olisi mitään väliä. Poliisi etsisi punaista Fiestaa JRV-477, mutta sellaista ei löytäisi.

Tuon puuhan tehtyään olo tuntui hieman paremmalta. Päässä virisi heti uusia suunnitelmia.

Hän näppäili kännykkään poliisin numeron, ja kun ääni vastasi, hän kertoi:

– Auto varastettiin, joskus päivällä tai illalla. Vasta nyt huomasin, kun tulin kotiin.

Poliisi ei kysellyt muuta kuin auton tietoja ja hänen henkilötietoja, sanoi että rikosilmoitus pitäisi tulla tekemään asemalle. Hän sanoi tulevansa, sitten kun kiireiltään ehtii.

Kännykästä tyhjeni akku. Laturi oli kotona ja kotiin hän

ei uskaltanut ajaa. Taas yksi pieni seikka, jota hänen olisi pitänyt ajatella aikaisemmin.

Hän laski penkin selkänojan taakse. Uni hiipi oitis jäseniin. Maha mourusi ruokaa. Ennen nukahtamista kävi mielessä, ettei poliisi ehkä häntä etsinytkään. Ei ainakaan päivystäjään hänen nimi ollut tehnyt minkäänlaista vaikutusta, sikäli kuin puhelimessa saattoi päätellä.

7.

Hän heräsi, eikä herätessään tajunnut mikä hänet oli herättänyt. Hän katsoi ulos kaikista ikkunoista, mutta auton lähellä ei näkynyt ketään. Ei kuulunut mitään ylimääräisiä ääniä.

Mutta jokin hänet oli herättänyt niin äkäisesti että hän oli pystyssä ennen kuin tajusikaan mitään. Hän oli nähnyt unta, sen hän muisti. Hän oli nähnyt unta Jaakko Maurilasta.

Mutta Jaakko oli kuollut, tapettu. Se muisto hänet kai oli herättänyt.

Piti avata ikkuna ja haukkoa raitista ilmaa keuhkoihin ja aivoihin. Jaakko oli tapettu omaan kylpyhuoneeseensa. Sehän tarkoitti sitä, etteivät hänen kannoilla olleet poliisit, vaan joku aivan toinen. Se taas tarkoitti sitä, ettei rekisterikilpien vaihtaminen välttämättä auttanut mitään. Jos kannoilla oli joku rikollisryhmä, niin tuskinpa he ajelivat ympäriinsä tutkimassa autojen rekisterikilpiä. Ei millään rikollisliigalla riittäisi resursseja sellaiseen.

Ja Jaakko Maurila oli tapettu aivan lähellä, vain parin kilometrin päässä rautatieaseman parkkipaikalta missä hän vietti yötä. Olivatko tappajat edelleen jossain lähellä? Jos Maurilan tappajat etsivät häntä, he voisivat tunnistaa hänen auton, olipa siinä mitkä rekisterikilvet tahansa.

Ei auto ollutkaan enää turvallinen paikka nukkua.

Hän astui ulos parkkipaikalle, lukitsi autonoven, mutta hetken mietittyään jätti etuoven lukitsematta ja työnsi avaimet virtalukkoon. Parasta mitä voisi sattua autolle, oli se, että se todella varastettaisiin ja varas ajaisi auton jonnekin pitkälle ja jättäisi heitteille. Poliisi ja ketkä muut hänen kannoillaan olivatkaan, etsisivät häntä sen jälkeen jostain aivan muualta.

Hetken hän kulki katua johonkin vaan suuntaa. Viinakaupan ohi kulkiessa tuli äkisti ankara halu juoda viinaa. Jos saisi korillisen viinaa, hän voisi jossain vaan metsässä rypeä monta päivää. Kun siitä sitten joskus selviäisi, voisi koko tapaus olla ohi, hänen takaa-ajajat olisivat kyllästyneet ja keksineet muuta puuhaa.

Mutta viinat olivat ikkunan takana. Saadakseen viinaa hänen olisi rikottava se. Rikkoakseen ikkunan pitäisi löytää kivi. Kun sellaista ei näkynyt, hän jatkoi matkaa kuivin suin, palasi jälkiään takaisin. Alkon hälytysjärjestelmää hän ei kykenisi kiertämään.

Hän ajatteli, että voisi ajan viettää yhtä hyvin jossain autonsa lähellä, tuurilla jopa näkisi jos joku autosta kiinnostuu. Hän jäi pieneen metsikköön miettimään. Taivaanranta jo vaaleni. Kovin kauaa hän ei metsikössä olisi turvassa. Päivällä hän herättäisi metsässä enemmän huomiota kuin jos kulkisi kadulla muiden joukossa. Mutta minne hän menisi? Nousisiko junaan ja matkustaisi jonnekin vaan. Mutta laskeutuisipa hän junasta missä tahansa, aina hänet olisi helppoa jäljittää ja perillä häntä odottaisi sama pulma: minne sitä menisi? Ei hänellä ollut mitään paikkaa minne mennä.

Silloin hän sen muisti, piilopaikan itselleen. Miksei hän sitä ollut heti ajatellut. Museo, pieni kotiseutumuseo joka sijaitsi aivan lähellä keskustaa. Hän oli itse paikalle sattunut työpäivänä, kun muuan Kepinen oli museolle asentanut hälytysjärjestelmää ja oli mennessään unohtanut työkaluja toimistolle, soittanut ja kysellyt niiden perään. Hän oli ollut juuri silloin toimistolla ja hänen työpäivä jo takana, oli ajatellut että vie kotimatkalla Kepisen työkalut museolle. Hän oli jäänyt paikalle pitkäksi aikaa, taivaltanut museoalueella sinne tänne, lukenut samalla esitteestä mitä kaikkea museoon kuului. Se oli maatila, aikoinaan ollut seudun suurimpia. Paikka toi mieleen jotain lapsuudesta, vaikka hän itse olikin pienen torpan poika.

Paljon maatilalla oli paikkoja mihin piiloutua, paikkoja

missä lymytä ja vahtia kulkiko raitilla poliisiautoja.

Hän lähti matkaan saman tien ja käveli ripeästi, mutta jo kävellessä tiesi että oli myöhässä. Aurinko valaisi jo tienoon. Autoja kulki maantiellä paljon enemmän kuin vähää aikaisemmin. Näkyipä matkalla jo joku koiran ulkoiluttajakin olevan liikkeellä.

Ei museoon kannattanut valoisaan aikaan murtautua sisälle. Hänen pitäisi etsiä piilopaikka jostain läheltä ja illan pimetessä tiirikoida tie auki museon johonkin rakennukseen. Kunnolla hän saisi nukkua aikaisintaan seuraavana yönä.

Hän kuitenkin oli tyytyväinen tullessaan museolle. Tuli tunne että aivot taas toimivat kuten pitikin. Hän oli edellisenä päivänä tehnyt paljon virheitä, mutta ei ehkä sellaista virhettä, mitä ei voisi korjata. Ei edes Maurilan luo jättämillään sormenjäljillä ehkä ollut väliä, kun ei niitä ollut poliisin kirjoissa. Poliisi saisi hänen sormenjäljet vasta kun saisi hänet kiinni. Sitä ennen poliisi etsisi tuntematonta tappajaa.

Hän päätti että kävisi vielä kylällä, ostaisi muonaa ja juomaa niin että voisi piileskellä museolla vaikka viikon. Tupakkaakin voisi ostaa. Viime tunteina oli useasti tehnyt tupakkaa mieli. Välillä hän jo oli tupakoinnin melkein lopettanut, ollut kuukausia polttamatta, mitä nyt jonkun pikkusikarin silloin tällöin.

Hän palasi takaisin keskustaan. Mieli teki painua metsään piiloon, mutta hän arvasi että siellä herättäisi huomiota. Hänen pitäisi olla kuin olisi menossa töihin tai tulossa töistä tai olisi muilla tärkeillä asioilla kuten muutkin kulkijat.

Nälkä vaivasi pahasti. Hän poikkesi baariin. Siellä oli töihin lähtijöitä useita. Kukaan tuskin huomasikaan häntä. Hän sai kahvia ja sämpylän, istui aivan television alle. Alkamassa oli uutislähetys.

Ei juuri harmittanut enää vaikkei hän museoon sisälle

päässytkään. Hän olisi pian kuitenkin joutunut lähtemään ruuan ja juoman hakuun. Ehkä hän saisi päivän paremmin kulumaan kylällä kulkiessa. Ehkä hän liittyisi torin laidalla alati maleksivaan miesjoukkoon. Siihen ryhmään hän sulautuisi hyvin jo ulkonäönkin puolesta. Parta oli ajamatta, vaatteet pahasti rypyssä. Kampaakaan hän ei ollut nähnyt aikoihin.

Television uutislähetys keskeytti syömäpuuhat. Joku oli tapettu jossakin. Kertoiko uutinen Jaakon kuolemasta? Toimittaja kertoi että mies oli tapettu, ja että uhria oli kenties kidutettu. Ei hän Jaakossa ollut nähnyt muita jälkiä kuin siistin reiän otsassa ja ammottavan aukon takaraivon kohdalla. Mutta ei hän pimeässä ollut sen paremmin ruumista tutkinutkaan. Toimittaja haastatteli poliisia, mutta poliisi oli vähäpuheinen. Sen poliisi kertoi, että syytä oli olettaa alamaailman jengien ottaneen yhteen. Kyse oli kai huumeista. Kamera näytti paikkaa, mihin mies oli ammuttu, mutta ei se ollut Maurilan asunto. Se oli joku varasto...

Ruoka uhkasi palata mahalaukusta ylös. Vain vaivoin hän sai nieltyä ruuan takaisin. Paniko myyjä sitä merkille, entä muut asiakkaat? Televisiossa kamera näytti edelleen surmapaikkaa. Se oli Sammaleisen varasto, sama paikka mihin hän oli aina ryöstösaaliin vienyt. Oliko Jaakko ammuttu Sammaleisen varastolla, ja viety kotiin. Vai oliko Jaakko ammuttu kotona ja viety Sammaleisen varastolle sen jälkeen kun hän oli lähtenyt tämän asunnosta. Jos Jaakko oli ammuttu kotiin, mistä hän miehen kuolleena löysi, niin missä olivat tappajat olleet silloin kun hän oli Maurilan asunnossa?

Hän istui hetken paikalla, ei pystynyt syömään sämpylää loppuun. Uutiset puhuivat jo säätilasta, mutta sitä hän ei kyennyt seuraamaan. Hän nousi hitaasti, asteli ovesta ulos. Ei hän voinut olla vilkaisematta taakseen. Kukaan baarin asiakkaista ei suoraan tuijottanut häneen, mutta...

Hän kiirehti torille. Paikalla oli paljon myyjiä ja asiakkaita. Mutta ei tuntunut tori turvalliselta paikalta. Ei mikään paikka tuntunut turvalliselta.

Oliko hänen perässä joku alamaailman ryhmä? Mutta mitä he hänestä halusivat. Mitä he olivat halunneet Jaakosta ja miksi olivat miehen ampuneet? Liittyikö se jotenkin viimeiseen huvilakeikkaan? Mitä arvokasta niissä rojuissa saattoi olla? Olivatko Maurila ja Sammaleinen pettäneet hänet. Olivatko ne taulut tai huonekalut olleet paljon arvokkaampia kuin mitä hänelle oli kerrottu, niin arvokkaita että huoneiston omistaja oli valmis vaikka tappamaan niiden takia. Ainakaan Mona-Lisaa ei taulujen joukossa ollut, sen hän olisi tunnistanut, mutta siihen hänen taiteen tuntemuksensa sitten rajoittuikin. Jos taulujen joukossa oli ollut jotain lähes yhtä arvokkaita tauluja, niin kai semmoisten takia oli miehiä tapettu ennenkin, ainakin elokuvissa. Olivatko Maurila ja Sammaleinen tieten tahtoen salanneet häneltä taulujen todellisen arvon? Miehethän olivat rikollisia, olivatko myös pettureita? Jaakon asunnolla hän oli nähnyt kankaita, kuin tauluja ja rikottuja kehyksiä, mutta oli paennut niin nopeasti ettei ennättänyt tutkimaan olivatko ne hänen varastamiaan tauluja.

8.

Ei hän voisi museolle murtautua ennen iltaa, ei ennen pimeän tuloa, ei vaikka mieli teki painua jonnekin piiloon, ryömiä museolla vaikka aitan alle makaamaan, tai kyyristyä käppyrälle johonkin vaan, vaikka lantalan nurkkaan.

Hän seisoi hetken torin laidalla pienen miesryhmän vieressä, mutta havaittuaan etteivät nuo norkoilijat tienneet mistään mitään, hän lähti kävelemään. Hän käveli vastakkaiseen suuntaan kuin missä museo sijaitsi ja miltei tunnin kuluttua hän tuli pieneen kylään. Se oli ihan mukavan näköinen kylä, mutta ei sielläkään päässyt minnekään piiloon. Hän joi kioskilla mukillisen kahvia, tajusi vasta silloin, että oli samaisen kioskin joskus ryöstänyt. Hän jatkoi kiireesti matkaa, löysi kirjastoon. Hän luki päivän lehdet, sekä myös eiliset, mutta ne eivät tienneet kertoa mitään Maurilan taposta.

Kovin kauaa hän ei kirjastossakaan ehtinyt olla, kun jo tuli tunne että hän herätti huomiota. Oli astuttava ulos kirkkaaseen päivänvaloon. Samaa tietä hän pääsisi takaisin keskustaan, mutta hän vasta tajusi että kävelytiellä hänet kaikki autoilijat havaitsisivat. Oliko palattava takaisin junalla vai linja-autolla. Jos palaisi takaisin junalla, hän voisi junan ikkunasta nähdä autonsa ja sen, oliko se jo löydetty.

Hieman helpotti se, että pankkiautomaatilta hän sai rahaa, ja vaikka hän rautatieasemalta kurkki automaatin suuntaan, ei paikalle kurvannut poliisiautoa. Se sai hänet ajattelemaan sitä, että keitä hänen kannoillaan olikin, eivät pystyneet seuraamaan häntä sentään niin hyvin kuin mitä elokuvien etsivät seurasivat rikollisia, näkivät heti jos tämä vaikka nosti rahaa automaatilta.

Mutta keitä hänen kannoillaan sitten olikin, olivat he olleet ripeitä, se hänen oli tunnustettava. Eivätkä he piitanneet varovaisuudesta. Aivan toisenlaisia ihmisiä siis kuin hän, joka mieluummin mietti ja suunnitteli murto-keikkoja ja itse työ vei aikaa vain murto-osan. Ei hän osannut arvata mistä nuo miehet seuraavaksi häntä etsisivät, tuskin kuitenkaan ajelisivat pitkin teitä jalankulkijoita vahtimassa. Ehkä he odottivat häntä jossain, vaikka hänen kotona, tai jos olivat löytäneet hänen auton, odottaisivat sen lähellä. Hän voisi kai aivan rauhassa kävellä teitä pitkin, matkustaa junalla ja linja-autolla.

Mutta jos hänen kintereillä oli myös poliisi, niin he kai vahtisivat, ettei hän ainakaan ulkomaille pääsisi livistämään.

Hän nousi junaan, ajoi takaisin keskustaan. Konduktööri ei kysellyt mitään. Junavaunun seinällä ei ollut hänestä etsintäkuulutusta. Junan ikkunasta hän näki, että hänen auto oli tallella, mutta nyt ympärillä oli niin paljon muita autoja ja ihmisiä tulossa ja menossa, ettei hän voinut nähdä tarkkailiko joku paikkaa.

Asemalta hän siirtyi torin laidalle, sieltä kirjastoon, ja teki taas lenkin ja saman uudelleen, kulki sitten linja-autoasemalle, nouti kioskilta rasian savukkeita, löysi penkin missä istua ja tupakoida. Piti jossain odotella iltaa ja yötä, että voisi murtautua museolle. Tiirikoita hänellä oli avainnipussa ja varmistaessaan, että tarvittavat välineet olivat tallessa, tuli mieleen, että jos poliisi hänet tarkistaisi, miten hän selittäisi tiirikoiden olemassaolon. Hänen olisi ne pitänyt piilottaa, kuten oli ennenkin piilottanut. Mutta minne hän ne piilottaisi, kun ei enää edes omaa autoa uskaltanut käyttää.

Hän oli aivan vähällä nukahtaa penkille. Piti pysyä valveilla ja liikkeessä ja siksi oli noustava ja käveltävä jonnekin vaan ja takaisin.

Illansuussa hän uudelleen kiersi rautatieasemalle. Hänen auto oli paikalla edelleen, useat muut autot olivat kadonneet. Mutta aivan hänen oman auton vieressä oli Volvo, samainen Volvo jonka rekisterikilvet hän oli vaihtanut omaan autoon. Oliko se sattumalta paikoitettu niin lähelle hänen autoa vai oliko se aina ollut siinä? Rekisterikilpiä vaihtaessaan hän oli ajanut oman auton Volvon viereen, mutta hänen oli ollut tarkoitus ajaa vaihdon jälkeen oma auto kauaksi Volvosta. Oliko hän sen unohtanut? Hän ei kunnolla muistanut edellisen yön tapahtumia. Aamulla tai päivällä Volvo ei paikalla ollut, siitä hän oli varma, oli hän siksi monta kertaa kävellyt kaukaa autonsa ohi.

Hänen oli päästävä turvaan, museolle piiloon. Oli saatava ruokaa niin että sitä riittäisi moneksi päiväksi. Kun pääsisi museolle piiloon, sen jälkeen hän vain makaisi ja maksaisi univelkansa. Hän lymyilisi piilossa niin kauan, että kuka hänen kannoillaan olikin, kyllästyisi. Aivan tarkkaan hän ei tiennyt sitä, pystyisikö hän museolla keittämään ruokaa. Puuhella talossa oli, niin kuin kaikissa vanhoissa asuintaloissa, mutta vetikö hormi. Savun takia olisi viisaampaa, kun ei puuhellaa käyttäisi vaikka se toimisikin. Museon renkitupa tosin oli korjattu, miltei rakennettu uudelleen, niin että siellä oli nykyaikainen keittiö ja vessa. Mutta sinne oli vaikeampi murtautua sisälle niin, ettei kukaan huomaisi.

Prismassa hän kasasi ostoskoriin aluksi vain leipää ja makkaraa, mutta näki samassa ettei niillä eväillä pärjäisi kuin pari päivää. Piti ostaa lisäksi kuivamuonaa, lihalientä ja pussikeittoja. Ehkä ne hätätilassa voisi sekoittaa kylmään veteen.

Museoalue oli hiljainen illansuussa, kuten oli ollut myös aamulla. Riihen edustalla nurmikolla istui muutamia nuoria. Eivät he häntä häiritsisi, eivät näkisi jos hän päärakennuksen ovesta tiirikoisi itsensä sisälle. Vielä kulki koiranulkoiluttajia tienoolla.

Hän kiersi riihen luona olevan porukan, asteli metsään, löysi kaatuneen puun, istui. Väsymys hiipi jäseniin oitis. Hän oli päivän mittaan kävellyt niin että kintut olivat aivan hellinä. Unenpuute kirveli silmiä. Ajatuksissa vilahteli kuvia huvilamurrosta, häntä etsivistä miehistä ja kun mieleen tuli kuva Jaakon ruumiista, hän kimposi jaloilleen, käveli kauemmaksi metsään. Hän voisi itsekin päätyä ruumiiksi, jos häntä etsivät miehet sattumalta ajaisivat museon ohi ja näkisivät hänet.

Hän siirtyi paikkaan mistä näki päärakennuksen. Hänen käydessä paikalla Kepinen oli asentanut liikkeentunnistimia päärakennukseen, suureen saliin sekä keittiöön, ovitunnistimen pääoveen.

"Tonne renkitupaan, sinne pannaan oikein kamera," oli Kepinen kertonut. "Näkee siitä sitten minkänäkönen voro täällä hiippailee. Ei semmoisia tänne päärakennukseen kannata laittaa, kun täällä on aina niin hämärää. Ei saa kuvasta selkoa kuitenkaan".

Päärakennuksessa kuitenkin oli myös keittiön ovi. Siitä pääsi keittiön eteiseen ja keittiöön ja isoon eteiseen ja sieltä myös pääsi myös ullakolle. Keittiön ovi oli ulkopuolelta villiviinien takana piilossa.

"Ei siitä kukaan kuitenkaan sisälle pyri," oli Kepinen selittänyt, jättänyt oven vaille ovitunnistetta.

Jos hän vain pääsisi ullakolle, ei hän muuta hetkeen kaipaisi. Sinne Kepinen ei asentanut minkäänlaista hälytintä.

"On lamppu palanut," oli Kepinen nauranut. "En minä sinne pimeään viitsi mennä. Nämä laitteet sitä paitsi, nämähän ovat vanhoja jo vaikka ei vielä ole edes paikallaan. Säästäväisyyssyistä nääs. Laitetaan vielä iso sireeni tonne katolle. Se pelottaa vorot tiehensä. Ja mainoksia ikkunoihin, että murtohälyttimet ovat toiminnassa. Tiedän minä jo millaisia ihmiset ovat. Ihmiset nääs, ne tyytyvät kotonakin mihin vaan hälytyslaitteeseen. Niille riittää se, että joku vaan kamerantapainen on seinässä kiinni ja sireeni katolla. Eivät ne piittaa vaikka laitteet eivät toimisi ollenkaan. Sama vaikka seinällä olisi vain kuva kamerasta, katolla sireenin kuva. Voi nukkua rauhassa, kun vaan uskoo. Ei tälläistä kotimuseota sen paremmin varusteta, kun ei täällä mitään arvokasta säilytetä".

Kepinen oli lyhyt, pyöreähkö mies ja puhui narisevalla äänellä. Mies kuulemma oli seitsemän lapsen isä. Se kai oli harvinaista nykyaikana ja siksi työpaikalla ei hänestä muuta puhuttu, kuin seitsemästä lapsesta. Hän ei aikaisemmin ollut miehen kanssa ollenkaan rupatellut, eikä aikonut rupatella vastakaan. Hän ei pitänyt tavasta millä Kepinen suhtautui työhön, mutta nyt se oli hänelle hyväksi. Nyt häntä huolestutti vain se, ettei museolle myöhemmin oltu asennettu uutta hälytysjärjestelmää.

Keittiön ovesta pääsi sisälle aivan tavallisella tiirikalla. Isomman ongelman tuotti valtoimenaan kasvava villiviini, jota joutui väkisin repimään ovesta irti. Saatuaan oven raolleen, hän kiirehti piiloon pienen matkan päähän, odotti minuutin tai ehkä kymmenen. Kun mitään ei tapahtunut, hän haki muonakassit metsästä, työnsi ne ovenraosta eteiseen. Villiviini oli jo pahoin kärsinyt, rapuilla oli lehtiä ja katkenneita köynnöksiä. Hän siivosi oven edustan niin hyvin kuin mitä hämärässä näki. Pimeässä ei nähnyt, jäikö villiviiniin niin suuria rakoja, että joku ne huomaisi. Hän avasi ovea vain sen verran, että juuri ja juuri mahtui raosta kulkemaan, sulki oven. Hän kaipasi hetken taskulamppua, mutta nopeasti silmä tottui hämärään. Hän löysi ullakolle menevät raput. Välissä oli vielä yksi ovi, mutta siinä oli vain haka.

Ullakon keskellä oli iso tila, sen lattia-ala täynnä rojua. Molemmilla seinustoilla oli pieniä huoneita, neljä kumpaisellakin puolella, niin että laitimmaiset huoneet olivat kai viiston katon takia jääneet varastotilaksi, mutta keskimmäiset huoneet olivat kuin niistä olisi joskus asuttu. Kun hän löysi huoneen, missä oli vuode valmiina, jopa vuodevaatteita, hän asettui taloksi. Siinä olisi hänen sija ja turvapaikka niin kauan kuin hän piilossa pysyisi.

Vielä hän söi palan makkaraa, poltti savukkeen. Hän mietti miten kytkeä hälytysjärjestelmä pois niin, ettei sitä kukaan huomaisi. Sitten voisi kulkea alakerrassakin aivan vapaasti. Ja hänen pitäisi saada vettä. Ja hän voisi...

Nukutti liikaa. Hän riisui tossut jaloista, ryömi peittojen alle. Uni tuli jo ennen kuin pää kosketti tyytyä.

9.

Aamulla kahvipöydässä Taneli istui niin, että näki oman autonsa. Se seisoi pihalla paljaan taivaan alla. Autossa oli jotain outoa, mutta hän ei käsittänyt mitä se voisi olla. Sama tunne hänellä oli ollut jo yöllä, kun oli autolla ajanut kotiin. Auto oli kulkenut aivan kuten ennenkin. Hän oli silmämääräisesti tarkistanut, että renkaissa oli ilmaa sen verran mitä pitikin. Vielä eilen auto oli vienyt hänet päivällä rautatieasemalle ja tuonut yöllä takaisin kotiin. Se oli kulkenut aivan kuten ennekin, ei ollut vikuroinut, vaikka hän varta vasten oli kotiin ajaessa autoa testannut. Jarrut toimivat kuten kuuluikin ja moottori totteli kun vain painoi kaasua, valot toimivat ja kaikki toimi aivan kuten kuului toimia. Se oli luotettava auto ja muusta hän ei piitannut.

Hän asteli kahvimuki kädessä ulos ja jäi katsomaan autoa pää vinossa. Se näyttikin aivan samalta kuin ennen. Se oli ruosteenruskea Volvo 240. Se oli jo vanha auto. Pari aivan pientä kolaria hän oli joskus autolla ajanut, oikonut pellit itse vasaralla, sutinut lommojen päälle ruosteenestomaalia. Hyvältä auto ei ollut näyttänyt enää vuosikausiin, jos oli näyttänyt uutenakaan. Auto oli toki likainen, mutta sitä se oli ollut melkein aina. Ruosteläiskiä siinä ei ollut sen enempää mitä ennenkään. Mutta jokin siinä oli muuttunut. Se vaivasi häntä ja lopulta hän käsitti, mikä autossa oli vialla. Tai eihän itse autossa mitään vikaa ollutkaan. Tunne johtui siitä, että oliko se edes hänen auto. Hän kaivoi hansikaslokerosta rekisteriotteen esille. Kyllä se hänen auto oli, ainakin rekisteriotteen mukaan. Mutta miksi auton rekisterikilvissä oli eri numeroita ja kirjaimia kuin mitä luki rekisteriotteessa? Papereissa oli KVH-889 kun taas kilvissä oli JRV-477. Ei siitä voinut erehtyä. Eivät ne olleet läheskään samanlaisia merkkisarjoja.

Hän pyysi siskontyttären katsomaan autoa, omiin silmiin kun oli vaikea luottaa. Sinikaltakin unohtui hetkeksi suu auki.

– Joku on vaihtanut kilvet, Sinikka viimein sanoi.

– Mutta miksi?

– Oliko sinun omat kilvet komeammat kuin nämä, nauroi Sinikka.

– Kyllä ne olivat aivan samanlaiset, hän väitti. – Vain numerot ja kirjaimet olivat erilaisia. En nyt oikein käsitä.

Sinikka kumartui tutkimaan lähemmin kilpiä. Ne olivat aidot rekisterikilvet, samanlaiset kuin muissakin Suomen maanteillä kulkevissa autoissa.

– Ne on aika äskettäin vaihdettu, sanoi Sinikka.

Hän kumartui tutkimaan kilpiä lähemmin.

– Noita ruuveja on äskettäin pyöritelty, kertoi Sinikka.

Kyllä hänkin sen nyt huomasi. Ruuveissa oli tuoreita naarmuja ruuvimeisselistä ja kilven toisella puolella olevissa muttereissa, ikään kuin muttereita olisi väännetty pihdeillä auki ja kiinni. Harmitti vähän kun ei itse ollut sitä huomannut katsoa.

– Joku autovaras ollut asialla, sanoi Sinikka.

– En minä nyt oikein käsitä, hän raapi niskaa. – Miksi viedä vain rekisterikilvet ja jättää auto. Kyllä autovarkaat vaihtavat varastamiinsa autoihin kilvet usein jo saman tien, mutta niillähän on romuautoista otettuja kilpiä ihan sitä varten.

Sinikka katsoi autoa pää kallellaan.

– Jos varas on luullut tätä romuautoksi. Tai jos se ei ole saanut käyntiin tätä.

– Vanhahan se on kyllä, hän myönsi. – Mutta silti... En minä nyt oikein ymmärrä. Onko varas siis vaihtanut ensin kilvet, koettanut vasta sitten lähteä ajamaan.

– Joku on kai keskeyttänyt sen puuhat, arveli Sinikka.

Sinikka kiirehti töihin, jätti hänet pähkäilemään. Ei hänelle ollut suurikaan vaiva ottaa selville kenen kilvet hänen autossa oli. Mutta nimi Elias Turanen ei sanonut hänelle mitään. Kaiken lisäksi Turanen asui 30 kilometrin päässä, samassa kunnassa tosin mutta aivan sen toisella laidalla. Ford Fiesta, mihin rekisterikilvet kuuluivat, niitä liikkui Suomen maanteillä tuhatmäärin. Kaiken lisäksi Fiesta oli miltei yhtä vanha kuin hänen Volvo. Joku siis oli vaihtanut romuautosta kilvet toiseen romuautoon? Sitä oli entistä vaikeampi ymmärtää.

Soitto poliisiasemalle tutulle poliisille valaisi asiaa sen verran, että samainen Fiesta oli ilmoitettu varastetuksi. Muuta poliisi ei tiennyt, tai ei halunnut kertoa.

Juttu tuntui oudolta, niin oudolta että se teki hänet uteliaaksi. Oliko autovaras tai -varkaat ajaneet auton Veikkolasta Kirkkonummen rautatieasemalle vaihtaakseen siellä autoon toiset kilvet. Mitä järkeä siinä oli? Olisihan voro rekisterikilpiä saanut lähempääkin, mistä tahansa parkkipaikalta. Ehkä kyseessä ei ollut ihan tavallinen autovaras, vaan joku joka pakeni jotakin. Ehkä pakenija ei vielä silloin tiennyt jatkaako matkaa junalla, kilpien vaihto oli tullut mieleen vasta junaa odotellessa.

Hänen auto seisoi usein päivät ja illat rautatieasemalla ja vasta yöllä hän sen ajoi kotiin. Rautatieasemalla kilpien vaihto kai oli tehty. Tuskin kukaan hänen kotipihalle uskaltautui niin turhaan puuhaan.

Hän lähti rautatieasemalle paljon tavallista aikaisemmin. Vaikka autoja siihen aikaan parkkipaikalla oli paljon, hän löysi helposti Fiestan, missä oli hänen auton rekisterikilvet. Se seisoi juuri siinä, mihin hänellä oli tapana autonsa parkkeerata, mutta kai se oli pysäköity paikalle juuri kilpien vaihtoa varten.

Fiesta oli vanha ja miltei romu. Ei sillä enää mitään mainittavaa rahallista arvoa ollut. Mutta miksi varastaa romu auto ja ajaa se rautatieasemalle, vaihtaa toisesta miltei romuautosta siihen kilvet ja jättää molemmat romut sijalleen.

Ei siinä ollut mitään järkeä. Ellei sitten ollut käynyt niin, että varas ei ollut saanut hänen Volvoa käyntiin. Mutta sikäli kuin näki, hänen Volvoon ei sisälle yritettykään. Miksei autovaras sitten paennut Fiestalla paikalta. Vai oliko romu Fiesta lopullisesti uuvahtanut parkkipaikalle?

Ei kyseessä voinut olla tavallinen autovarkaus. Ei kukaan romuautoa varastaisi muuten kuin sillä jonnekin ajaakseen. Oliko varas ajanut Fiestan tieten tahtoen juuri rautatieasemalle, aikonut matkustaa junalla jonnekin kauas? Ehkä voro junaa odotellessa oli kehittänyt varasuunnitelman, vaihtanut kilvet varastettuun autoon niin etteivät poliisit sitä heti maantiellä pysäyttäisi.

Hän päätti yrittää päivän mittaan selvittää asiaa.

10.

Vuoteessa nukuttu yö piristi. Ajatukset kulkivat samoja latuja kuin ennenkin, mutta asiat eivät näyttäneet enää aivan yhtä synkiltä. Aamulla hän tajusi senkin, että oli keikan jälkeen toiminut miltei kuin paniikissa, hän oli ajellut sinne ja tänne, kävellyt sinne ja tänne, mutta ei ollut koskaan aivan varma siitä miksi teki mitä teki. Yllätyksiä oli ollut aivan liikaa ja hän oli tehnyt pieniä virheitä aivan liikaa. Nyt järki viimein tuntui kulkevan yhtä kirkkaana kuin ennen viimeistä huvilamurtoa.

Eniten mietitytti se, että keitä hänen kintereillä poliisin lisäksi oli. Hänhän oli tehnyt vain huvilamurron. Kovin isoa takaa-ajoa ei poliisi huvilamurron takia järjestäisi, ei vaikka olisi saanut selville hänen muutkin rötökset. Haku hänestä niiden takia päälle laitettaisiin ja heti kun jostain syystä poliisi kohdalle sattuisi, niin pidättäisi hänet. Mutta virkapukuisia poliiseja hän ei ollut edes nähnyt, paitsi ne pari jotka taluttivat jotain juopunutta säilöön. Se vähä mitä takaa-ajajiaan oli nähnyt, mummon mökillä ja Sammaleisen varastolla, olivat siviilivaatteissa, saattoivat olla yhtä hyvin rosvoja kuin poliiseja, tai ehkä aivan muilla asioilla.

Mutta joku oli mukiloinut hänen vaimon ja joku oli tappanut Jaakko Maurilan.

Pitäisi lukea uudet lehdet, kuunnella radiota tai katsoa televisiosta uusimmat uutiset.

Aamu ei sitten kuitenkaan ollut yhtään iltaa viisaampi. Hän kelasi tapahtumat läpi vielä uudelleen. Auto rikospaikan lähellä, siitä se oli alkanut. Levähdyspaikalle oli kääntynyt auto heti kun hän oli murtopaikalta poistunut. Aamulla kaksi miestä oli etsinyt häntä hänen kotoa jo ennen kuin hän itse kotiin ennätti. Poliisejako? Kun oli ajellut mummonmökille, oli joku häntä jo odottamassa. Sammaleisen varasto: Sielläkin oli jotain tekeillä silloin kun hän uudelleen paikalle tuli. Sammaleinen oli kai etsinyt jotain pakettiautosta. Ja varaston päädyssä auto, aivan samannäköinen kuin mitä oli nähnyt mummonmökin luona maantiellä. Sinä aikana kun oli poissa, oli vaimo mukiloitu. Jaakko Maurilan hän oli löytänyt kuolleena. Kuulemissaan uutisissa oli kerrottu, että jossain oli tapettu mies, mutta oliko tuo uutisissa tapettu mies Jaakko vai joku aivan toinen. Miksi kuvaa oli näytetty Sammaleisen varastolta? Oliko näillä asioilla edes mitään tekemistä huvilamurron kanssa?

Hän huomasi olevansa yhtä tyhmä kuin edellisenä päivänä, ellei tyhmempikin.

Hän päätyi miettimään sitä, mihin oli päätynyt. Hän piileksi poliisia tai ketä lienee vanhassa talossa, maaseutumuseossa. Hän oli kuin vankikarkuri tai mikä lie desantti. Ei hän ollut koskaan tosissaan uskonut, että näin voisi käydä. Joskus hän oli kuvitellut että saisi poliisin kintereilleen, mutta kuvitelmissaan hän oli aina löytänyt jättiapajan ja pakeni poliisia ulkomaille liivipuku yllä, pikkusikari suupielessä käryten.

Jättiapajaa hän ei sitten koskaan ollut löytänyt, sen sijaan oli nyt kannoilleen saanut jonkun, joka tappoi ihmisiä. Eivätkä hänen rahat ulkomaille pakenemiseen riittäneet. Hyvä että Viroon pääsisi, jos kaikki rahat tililtä nostaisi.

Monta vuotta, ja monta monituista keikkaa hän oli hoitanut tekemättä virheitä ja nyt tuntui kaikki menevän vikaan.

Ja hän oli ollut varovainen, yhtä varovainen kuin aina ennenkin. Varovaisuus oli hänen motto. Hän oli sitä hokenut itselleen satoja kertoja: Oli oltava varovainen, oli aina kuljettava hiipimällä, silloinkin kun ei hiipimiseen ollut tarvetta. Piti aina varoa, piti varoa jokaista askelta, sanaa ja ajatusta. Vain siten saattoi hänen lainen mies pärjätä. Varovainen ja varovainen ja vielä kerran varovainen.

Mutta ehkä virhe oli tapahtunut jo aikaisemmin, jollain edellisellä keikalla. Edellisen kerran hän oli murtautunut omakotitaloon. Sinne hän oli päässyt sisälle tiirikalla, ei ollut rikkonut lähtiessään mitään, oli vienyt vain taide-esineitä joista Jaakko oli edeltä käsin hänelle kertonut. Se oli ollut siisti keikka, kuin ammattilaisen tekemä. Sitä ennen hän oli rosvonnut kioskin pitäjän autotalliin, saaliina vain tupakkaa ja muuta, mutta melko suuri lasti. Jaakko kun oli etukäteen saanut selville milloin kioskin pitäjälle tulee varastoon täydennystä. Sitä ennen oli ollut vuorossa kesäasunto kaukana toisessa suunnassa. Sieltä hän oli vienyt kaiken minkä irti sai, oli vielä lähtiessään sotkenut paikkoja niin että vaikutti kuin ryöstäjä oli ollut täysi seko-pää. Sinne hän oli mennyt sisälle ikkunasta kuin amatööri ikään. Ja sitä ennen hän oli murtautunut kerrostalon asun-toon. Sen oven sai auki pankkikortilla. Sieltä hän oli vienyt vain postimerkkikokoelman.

Missä hän muka oli tehnyt virheen?

Hän painoi pään takaisin tyynyyn.

Mikä hänet herätti? Missä hän oli? Miten kauan hän oli jo nukkunut? Oliko päivä vai yö ja mikä viikonpäivä oli me-neillään.

Alakerrasta kuului puhetta. Vaikka äänessä oli kaiken aikaa vain yksi nainen, hän jostain käsitti että paikalla oli paljon väkeä. Koko vanha rakennus tuntui huokailevan ihmisten painosta. Itse hän ei uskaltanut liikahtaakaan, vanhojen lattialankkujen narina olisi voinut paljastaa hä-net. Piti vain maata ja odottaa että väki lähtisi pois.

Huone oli valoisa. Hän vasta huomasi, että oli vallannut huoneen, jossa oli ikkuna. Sijaltaan hän näki palan taivasta. Se oli sininen. Kännykkä pysyi pimeänä. Ei siitä nähnyt enää edes kelloa. Hän oli nukahtanut ja se hieman harmitti, vaikka ei sillä ehkä väliä ollut. Varovainen ja varovainen, hän muisti hokeneensa itselleen ja hän oli nukahtanut, eikä ollut herännyt vielä siihen kun museoon sisälle oli tullut väkeä. Entä jos joku tulisi ullakolle? Entä jos hän olisi puhunut unissaan niin kovalla äänellä, että joku olisi kuullut. Pitäisikö suunnitella jokin hälytyslaite, että heräisi heti kun museon ulko-ovi avattaisiin.

Hän yritti kuunnella mitä alakerrassa puhuttiin, mutta ei saanut sanoista selvää. Silloin tällöin puheen katkaisi naurunpyrskähdys ja niistä äänistä pystyi päättelemään, että alakerrassa oli enimmäkseen vanhuksia. Ei heistä hänelle mitään vaaraa olisi, kun vaan malttaisivat pysyä alakerrassa.

Kuulosti että tulijat olivat talon toisessa päässä. Hän uskaltautui istumaan sängynlaidalle. Väsymys painoi yhä jäseniä. Jalat olivat paljosta kävelemisestä kankeat.

Ikkunan edessä oli tuoli. Jos uskaltaisi siihen istumaan, hän voisi ikkunasta nähdä milloin museolta väki poistuu. Ainakin siihen asti pitäisi pysyä valppaana.

Verhonraosta näkyi renkitupa ja sen vierestä kulkeva tie. Joku mies istui renkituvan toisella puolella kaivonkannen päällä, tupakoi. Hänenkin teki oitis mieli tupakkaa. Pihatiellä näkyi kaksi vanhaa naista. Oli kai joku eläkeporukka museota katsastamassa. Naiset kulkivat renkituvan ohi kohti maantietä. Kun oikein kurkotti kaulaa, hän näki maantielle. Turistibussi odotti kävijöitä. Ehkä kierros oli jo ohi, sillä lisää vanhuksia kulki pihatietä. Kuului samassa kun ulko-ovea suljettiin. Vanhuksien perässä kulki yksi nuorempi nainen.

Hän huokasi helpotuksesta. Talo oli aivan ääneti. Hän sytytti savukkeen, katseli ikkunasta taivasta. Auringon sijainnista päätelleen elettiin vasta keskipäivää.

Samassa hän taas valpastui. Naisen ääni selitti jotain ja puhui siksi kovalla äänellä, että hän siitä käsitti naisen olevan äkäinen jollekulle. Ei hän kuitenkaan päässyt selville mistä puhuivat.

Hän kurkisti ullakon ikkunasta ulos. Turistibussi oli jo

nielaissut viimeisenkin vanhuksen, valui hiljaista vauhtia mäkeä alas. Pihalla nuorehko nainen selitti jotain haalaripukuiselle miehelle, jonka hän oli nähnyt aikaisemmin kaivonkannen päällä istumassa. Mies pudisti tarmokkaasti päätään, levitteli käsiään. Hän jäi katsomaan naista. Jotain haikeaa liikahti mielessä, jotain muuta vatsanpohjassa. Sannan kanssa ei enää aikoihin ollut tapahtunut mitään sellaista ja sitä ennenkin, niin laimeaa seksielämä oli ollut, ettei hän jaksanut muistella milloin viimeksi. Kaikki oli siltäkin osin mennyt jotenkin pieleen.

Nainen jätti työmiehen pihalle, nouti polkupyörän renkituvan nurkalta, työnsi sen maantielle ja katosi. Mies kolisteli jonkin aikaa, mutta ei tullut sisälle rakennukseen.

Hän odotti kauan, mutta kun talo pysyi hiljaisena, hän siirtyi takaisin vuoteelle makaamaan. Hän uskoi, että saisi olla rauhassa ties kuinka kauan, ehkä montakin päivää.

Uneen hän ei enää vaipunut. Monta kertaa hän nousi ylös tupakoimaan, tiirasi samalla ikkunasta ulos vaisua museoelämää. Museolla töissä oli vain yksi mies ja yksi aivan nuori tyttö. Molemmilla heistä riitti puuhaa ulkona. Tyttö touhusi alituiseen kasvimaalla, ukko kulki jossain kauempana milloin ruohonleikkuria työntäen, milloin lankaleikkuria kantaen. Näistä hänelle ei mitään vaaraa olisi, elleivät jostain syystä keksisi ilmestyä päärakennukseen ja nousta ullakolle. Sitä varten hänen pitäisi pian etsiä itselleen parempi piilopaikka ullakolta, ehkä komero tai suuri kaappi, mihin piiloutua heti kun kuulisi jonkun nousevan ylös portaita.

Sen hän etsisi vasta kun museon työntekijät olivat poistuneet. Siihen asti piti vain levätä. Mutta uni kävi aina vain ohkaisemmaksi ja mieleen tulvi kuvia edellisten päivien tapahtumia. Se oli kuin painajaista. Mikään ei ollut sujunut kuten ennen.

Museolla työt loppuivat iltapäivällä. Hän kuuli mopon käynnistyvän ja ehti nähdä kun museon työmies körötteli pois. Koulutyttö oli lähtenyt jo aikaisemmin.

Hän tarkisti kaikki ullakolla olevat huoneet, mutta ei löytänyt tarpeeksi isoa kaappia piilopaikakseen. Yksi päätyhuoneista oli pilkkopimeä. Huoneen perällä oli kasa tyhjiä säkkejä. Hän ajatteli, että jos ullakolle tulisi väkeä, hän piiloutuisi sinne, ryömisi säkkien alle piiloon.

Kaikesta näki, ettei ullakolla oltu käyty aikoihin. Eihän edes Kepinen ollut sinne vaivautunut. Tavarat kaikki olivat paksun pölykerroksen peitossa. Jos paikalla turisteja kävikin, niin eivät takuulla olleet käyneet ullakolla vuosikausiin.

Yöllä hän hiipi ulos. Piti päästä kuselle, piti päästä paskalle. Molemmat tarpeet hän teki tien toiselle puolelle metsään. Ullakolla hän oli kussut ämpäriin, huomannut vasta hetken päästä että ämpäri oli rikki. Mutta ainakin isommat tarpeet täytyi tehdä metsään, muuten haju hänet paljastaisi.

Hän jäi metsänreunaan katsomaan museon päärakennusta. Siellä hän tunsi olevansa turvassa. Hän lepäisi siellä ja söisi hyvin. Niin voisi kulua päivästä toiseen, vaikka koko kesä. Voisi kulua kauankin ennen kuin huomaisivat, että museolle on murtauduttu. Miten kauan se toimisi hänen piilopaikkana ja kotina, siitä hänellä ei ollut aavistustakaan. Häntä jahtasi joku tai jokin, eikä hän tiennyt kuka tai mikä. Unohtaisivatko hänen takaa-ajajat häntä vaikka hän pysyi piilossa koko kesän myöhäiseen syksyyn asti. Voisiko hän museolla piileksiä talvella?

Päärakennuksen alapuolella sijaitsi kasvitarha. Hän löysi sieltä perunamaan, löysi sipuleita, herneitä ja härkäpapuja. Muut kasvit olivat hänelle outoja. Vain perunamaa oli isompi, muita kasveja kasvoi vain parin neliön alalla kutakin.

Hän palasi päärakennukseen ja ullakolle, löysi sieltä ämpäreitä ja vateja. Kattiloitakin oli ja lautasia ja mitä kaikkea roinaa. Hän otti mukaan vain ämpärin ja vadin, palasi kaivon luo. Siitä sai vettä hanaa kääntämällä. Se oli jääkylmää. Hän täytti vadin, huuhteli kasvot, riisui kengät ja sukat, liotti hetken aikaa varpaita vedessä. Saippuaa ja shampoota teki mieli. Pitäisi piankin päästä uudelleen ostoksille. Ehkä samalla reissulla voisi kävellä jonkun järven rantaan, peseytyä paremmin.

Ei museo taas äkkiä tuntunutkaan kovin hyvältä paikalta piileksiä. Hän joutuisi kaiken tarmon käyttämään siihen että pysyisi ihmisenä ja ettei kukaan häntä näkisi.

Palatessaan ullakolle täyden vesiämpärin ja vadin kanssa, hän tajusi että ruuat loppuisivat paljon aikaisemmin kuin oli uskonut. Hän oli syönyt vähän väliä, kai siksi kun oli muutamana edellisenä päivänä syönyt niukemmin. Ehkä varuillaan olo kulutti energiaa.

Hän piilotti astiat kaappiin. Aamuun oli vielä paljon aikaa. Hän suunnitteli seuraavaa retkeä kylälle. Hän voisi ostaa samalla pienen radion, pysyisi edes vähän perillä maailman tapahtumista, saisi ajan kulumaan, vaikka ei sitä ehkä päivisin uskaltaisi kuunnella. Hänen pitäisi ostaa ruokaa joka olisi riittoisaa, mutta mitä ei tarvitsisi keittää. Makkarat ja leivät olivat kuluneet turhan nopeasti. Hän yritti pussikeittoa sekoittaa kylmään veteen, mutta ei se liuennut. Kuten ei myöskään lihaliemi. Paljon hänellä oli opittavaa. Ehkä pitäisi ostaa retkikeitin. Missä ja milloin sitä uskaltaisi käyttää? Pitäisikö kännykkää varten ostaa laturi? Voisiko puhelimella edes soittaa, vai näkisikö poliisi uusilla, hienoilla laitteillaan missä hän puhelinta käyttää? Ainakin ulkomaisissa rikoselokuvissa poliisit juuri niin tekivät. Entä jos hänelle soitettaisiin juuri silloin kun museolla oli väkeä sisällä.

Ainakin kello pitäisi hankkia.

11.

Museolta lähtiessään Sinikka oli varma siitä, että joku oli käynyt museon päärakennuksessa. Hän oli tuntenut tupakan hajua, oli tuntenut jo ennen kuin yksikään turisti oli päärakennukseen sisälle tullut. Museolla toimiva työmies kyllä tupakoi, mutta kun hän kysyi, niin mies vakuutti, että ei ole päärakennuksessa sisällä käynytkään. Hän uskoi miestä. Museolla kävi toisinaan myös koululainen kitkemässä kasvitarhaa, mutta tämä ei tupakoinut ollenkaan. Myös huoltomies kävi paikalla silloin tällöin, mutta huoltomieskään ei tupakoinut.

Hän ei toimistolla kertonut kenellekään havainnoistaan. Ei kertonut myöskään kotona, sillä koti oli sillä erää tyhjä. Keskipitkä suhde aviomieskandinaatti numero ? oli päättynyt surkeaan eroon. Se oli huonosti sujunut suhde alun alkaenkin, oli vanhetessaan huonontunut vain lisää. Oli hänen saamattomuutta että suhde oli kestänyt niinkin kauan.

Kotimatkalla hän näki Tanelin pihallaan puutarhatuolissa, muisti samassa että joku oli vaihtanut Tanelin autoon rekisterikilvet.

– Töistäkö tulet, Taneli kysyi kun hän kaarsi polkupyörällä pihaan.

– Töistä. Joko olet löytänyt omat rekisterikilpesi.

– En löytänyt, mutta sain sen verran selville, että minun autossa on nyt jonkun Elias Turasen auton kilvet. Se on jostain Veikkolan perukoilta kotoisin.

– Tullut tänne asti vaihtamaan autoon kilvet.

– Ehkä joku autovaras on vienyt auton ja poliiseja harhauttaakseen vaihtanut kilvet. Ainakin sen auto oli varastettu. Semmoisen ilmoituksen oli tehnyt. Se auto on rautatieaseman parkkipaikalla vieläkin.

– Soita sille Turaselle ja vaihdatte kilvet takaisin niin

kuin kuuluukin.

– Ei vastaa kännykkään. Yritän kohtisellaan uudelleen, jos sille löytyisi joku työmaa tai sukulaisia tai jotain.

Taneli yritti ottaa kasvoilleen vakavaa ilmettä. Se ilme sopi huonosti Tanelin pyöreille kasvoille.

– Ihan yksinkö nyt taas asut?

Ellei samaa keskustelua olisi käyty useita kertoja ennenkin, se olisi huvittanut Sinikkaa.

– Yksin, hän vastasi varpaitaan katsellen.

– Mitäs vikaa tässä viimeisessä sitten oli?

Taneli oli hänen asioistaan, varsinkin miessuhteista udellut niin kauan kuin hän muisti, ja aluksi hän oli kertonut Tanelille osatotuuksia, kuten: Aviomiesehdokas no: 1 söi liian paljon, no: 2 joi liian paljon, no: 3 tupakoi liian paljon. Eiväthän nuo vastaukset tosia olleet, mutta ne kuvasivat kulloistakin ehdokasta. Noiden kolmen jälkeen hänellä oli ollut lyhyitä suhteita siksi monta, että hän oli mennyt laskuissa sekaisin. Hän mietti hetken sitä, pitäisikö hänen Tanelia varten pitää kirjaa myös lyhyemmistä suhteista.

– Tämä viimeisin, tämä rakasti liikaa autoja, hän vastasi hymyillen.

Hymystä huolimatta jokin hieman ahdisti häntä. Hän tajusi täyttävänsä pian 30. Taneli kai jo näki hänessä vanhanpiian, vaikka hän itse näki itsensä sinkkunaisena, joka teki elämälleen mitä itse halusi.

– Entä Maikki ja Sakari, missä nyt ovat?

– Kiinassa kai.

Kaksikymmentä vuotta hänen äiti ja isä olivat hänestä huolehtineet, olivat ainoalle lapselle antaneet kaiken huomion ja maallisen hyvän. Niillä eväillä hän oli lukenut ylioppilaaksi ja päätynyt töihin kunnanvirastoon. Kun samaan aikaan sulhaskandinaatti numero yksi kulki tiiviisti hänen kannoilla kosintatarjouksineen, isä ja äiti kai ajattelivat, että olivat osansa tehneet. Siitä lähtien he olivat enemmän ulkomailla kuin Suomessa, isä toki oli lennellyt maailmalla jo ennenkin kun myyntiedustaja kerran oli. Nykyisin myös äiti kulki isän työmatkoilla mukana, vaikka ei kai niillä reissuilla mitään töitä tehnyt. Aluksi hän oli soittanut heille miltei päivittäin ja äiti hänelle, mutta sekin oli jäänyt. Viettivät he sentään usein joulua kotona.

Ei hän siitä pahoillaan ollut. Hän oli lapsena saanut vanhemmiltaan kaiken mitä kuuluikin. Perheen ainoana lapsena ja suht varakkaana hän oli saanut jopa enemmän kuin monet ainaisessa rahapulassa elävät. Koulun jälkeen oli työpaikka löytynyt kunnan virastosta kuin itsestään. Hänelle jäi mietittäväksi vain se, järjestyikö työpaikka isän vai äidin suhteilla.

Hän mietti kertoisiko Tanelille siitä, että museolla kai vieraili joku ylimääräinen vieras. Ja jos kertoisi, niin miten kertoisi. Eno toki kyllä oli avulias, yritti toisinaan olla kuin isänkorvike. Mutta jos hän Tanelilta apua pyytäisi, niin tämä lähtisi itse selvittämään asiaa ja sotkisi ne vain entisestään. Niin oli käynyt ennenkin. Hän hyvin tiesi miten Tanelin aivot toimivat, kuin kone. Vielä äsken kone oli ajatellut, että siinä oli oikea auto. Siinä oli väärä rekisterikilpi. Siinä oli arvoitus joka pitäisi ratkaista. Kohta tuo sama kone ajattelisi, että siinä on museo. Siinä on tupakoitsija. Siinä on tehtävä mikä pitäisi ratkaista.

– Museon päärakennuksessa tuoksui tupakalle, hän sanoi. – Käyköhän siellä joku sisällä.

– Josko joku huoltomies.

– Ei tupakoi. Se siinä vähän kaivelee, että jos syttyy tulipalo. Sellainen vanha puutalo palaa ennen kuin palokunta paikalle ehtii.

– Eikö se jo joutaisi palaakin. Mitä semmoisilla rötisköillä...

– Se nyt vähän on kuin minun vastuulla. Ainakin se, jos se työmies käy sisällä tupakoimassa.

– Minä en kyllä ymmärrä mitä moisesta huolehtia.

– Käynhän minä töissä siellä, tänäänkin olin oppaana.

Se tuo vähän vaihtelua niihin toimistotöihin.

– Vai haisi tupakalle?

– Ajattelin, että menen jonain yönä museolle ja katson kuka sinne tulee.

– Jos on nuorilauma, niin voivat väkivaltaisiksi heittäytyä. Jos vaan ovat niitä epeleitä, jotka viinaa ja huumeita ja lääkkeitä käyttävät sekaisin, niin nehän ovat ihan hulluja. Jos niitä vielä on monta, niin yllyttävät toisensa sellaiseen uhoon, etteivät itsekään tiedä mitä tekevät.

– Jos ne sellaisia olisivat, niin kai ne olisivat siellä jotain rikkoneet, väitti Sinikka. – Ja olisivat pitäneet meteliä, niin että koko lähitienoo olisi herännyt ihmettelemään. Mutta kun muuten kaikki on aivan ennallaan. Vain tupakanhaju vaivaa. Ajattelin, että odottelen siellä aamun ja katson kuka siellä käy. Ilmoitan vasta sitten poliisille.

12.

Aamulla museon työmies kulki alueella joka puolella rakennuksen luota toiselle, kokeili että kaikki ovet ja ikkunaluukut olivat kiinni. Mies käytti kierrokseen aika reilun puoli tuntia.

Oliko joku nähnyt hänet vilaukselta, ihmetteli Elias ullakolla, vai mikä sai museon työmiehen tarkistamaan paikkoja. Vai tekikö mies samaisen kierroksen joka aamu ilkivallan tekijöiden varalta?

Palatessa mies kantoi mukana roskia ja muutamaa tyhjää kaljapulloa. Ehkä se oli normaalia puuhaa. Ei mies levottomalta vaikuttanut, sen mitä ikkunasta pystyi näkemään ja päättelemään.

Ulkoa kuului vielä kolahdus kun mies tiputti roinat roskalaatikkoon, antoi kannen pamahtaa kiinni.

Mies katosi renkitupaan ja tienoo hiljeni. Renkituvan savupiipusta tuprahti savua. Kun mies tuli ulos, hänellä oli höyryävä kahvimuki kädessä. Mies istui kasvimaan laidalle kaivonkannen päälle nauttimaan aamukahvia.

Kahvia teki hänenkin mieli, mutta sitä hänellä ei ollut. Päärakennuksen keittiössä oli useitakin kahvipannuja ja puuhella, hän muisti edelliseltä käynniltään, mutta tuskin olisi kahvia. Keittiöön Kepinen oli asentanut liikkeentunnistimen. Hän ehkä sen saisi kytkettyä pois päältä, mutta jos epäonnistuisi, sireeni katolla alkaisi ulvoa ja hänen pitäisi etsiä toinen piilopaikka. Lisäksi epäilytti sekin, että toimisiko rakennuksen puuhella ja vaikka toimisikin, arvaisiko valkeaa sytyttää. Joku kuitenkin näkisi savun.

Kahvista oli toistaiseksi luovuttava.

Teki samassa myös mieli viinaa. Kauanko hän olikaan ollut raittiina, neljä vai viisi vuotta vai vieläkin kauemmin. Ei hän ollut siitä aivan varma. Ei sillä ollut koskaan hänelle mitään merkitystä. Ei hän ollut raittiina siksi että halusi olla raittiina, vaan siksi ettei kännipäissään puhuisi sivu suunsa. Ehkä senkin takia avioliitto Sannan kanssa oli ajautunut vikaan. Sanna oli aina kovin suulas ja vilkas, varomaton puheissaan. Hänelle oli ollut järkytys jo se, kun oli kuullut vaimon selittävän tuttavilleen heidän arkisia askareita. Hän oli sittemmin ollut sitäkin varovaisempi, ei ollut Sannan ystäville puhunut yhtään mitään. Paitsi että juopuneena varovaisuus oli aina unohtunut ja siksi juominen piti lopettaa.

Mutta nyt teki mieli juoda, teki mieli ottaa oikein kunnon känni ja sammua viinan voimasta.

Tupakointia hän oli joskus rajoittanut niin, että tupakoi vain keikoilla, milloin sitä tarvitsi hermoja rauhoittamaan, tosin kyllä joskus myös kotona ruuan päälle. Muulloin ei tehnyt mielikään tupakoida. Paitsi että nyt teki mieli yhtenään. Viime reissulla ostamansa aski oli huvennut nopeasti, vaikka hän oli suurimman osan ajastaan nukkunut.

Nälkäkin vaivasi, vaikka hän söi jotain pientä yhtenään. Teki mieli kunnollista ateriaa, pihviä ja perunoita.

Pesulle pitäisi päästä, ensin saunaan ja sitten peseytymään. Missä ja miten hän sen hoitaisi?

Päivällä museon työmies avasi alakerran ikkunaluukut ja hän ryömi piiloon perimmäisimmän huoneen nurkkaan. Ei mies kuitenkaan sisälle tullut, ja hän palasi vuoteeseen lepäämään. Jo hetken päästä kuului kun joku raskaampi auto seisahtui lähistölle. Oli noustava ikkunaan kurkkimaan.

Maantielle oli seisahtunut turistibussi. Samainen opas, jonka hän oli jo nähnyt edellisenä päivänä, kulki pihatietä.

Hän petasi vuoteen, piilotti niukat eväät kaappiin katseilta piiloon. Kun turistit astelivat kohti päärakennusta, hän ryömi perähuoneeseen säkkikasan alle. Se oli hyvä piilopaikka jos joku turisteista tai opas jostain syystä keksisi kiivetä ullakolle.

Katon ja seinän välistä näki kapeasta raosta ulos rapuille. Räystäällä oli jonkun linnunpesä, naakan hän arvasi. Mutta naakan poikaset olivat jo karanneet maailmalle. Opas ja turisteja ilmestyi rapuille. Hän otti paremman asennon ja sulki silmät. Hän kuunteli oppaan selostusta vaikka ei sanoista saanut selvää. Oli mukava kuunnella välillä naisen ääntä, olihan hän siihen kotona tottunut, paitsi että aivan viime aikoina ei vaimo ollut enää hänelle puhunut kuin välttämättömät tiedotteet. Pian koko turistilauma katosi sisälle museoon. Hän yritti äänistä päätellä, että missä kohti museota milloinkin olivat, mutta ei siitä saanut tolkkua. Ja hetken päästä kierros oli ohi. Turistit poistuivat ulos. Maantiellä turistibussi hörähti käyntiin. Oppaana ollut nainen poistui polkupyörällä museolta. Työmies ryhtyi sulkemaan alakerran ikkunaluukkuja. Rakennus hiljeni ja pian koko tienoo. Vielä kuului jostain jonkin aikaa ruohonleikkurin ääni, sen vaiettua kuului vain kun työmies käynnisti mopon ja lähti sillä jonnekin, ehkä syömään ehkä jo kotiin.

Hän palasi sänkyyn lepäämään, odottamaan yötä.

Ja yö tuli ja kului samoin kuin edellinen yö. Pimeässä hän hiipi ulos, teki tarpeensa, kulki kasvimaalla, söi vähän herneitä ja härkäpapuja, popsi pari pientä perunaa ja sipulin. Peseytyi sen, minkä jääkylmällä vedellä kykeni.

Ennen kuin aamu sarasti, hän lähti museolta. Ei hänellä muuta tekemistä ollut, kuin kävellä katuja sinne tänne, odottaa aamua. Kauppojen auettua hän hakeutui markettiin, osti ensin itselleen repun, niin suuren että siihen sai mahtumaan vaikka viikon muonat. Toiseksi hän osti saippuaa ja shampoota sekä puhtaita alusvaatteita. Päällysvaatteita hän ei vielä pesisi tai vaihtaisi, ne kun pölyisellä ullakolla ja maanteitä kävellessä kuitenkin pian likaantuisivat. Vielä hän osti vähän makkaraa ja juomaksi Jaffaa, lähti etsimään järvenrantaa missä viettää päivä.

Hän sai kävellä miltei tunnin ennen kuin pääsi järvelle.

Merenranta olisi ollut lähempänä, mutta peseytyminen järvessä tuntui mukavammalta. Järvi oli suuri. Hän arveli että se voisi olla Humaljärvi. Veden kesä oli lämmittänyt aivan tarpeeksi lämpöiseksi. Hän etsi rannoilta paikan mihin ei mistään suunnasta helposti näkisi, leiriytyi kalliolle. Yksi soutuvene järvellä liikkui, veneessä onkija. Mutta vene oli kaukana.

Peseydyttyään olo oli miltei ihmismäinen. Samaa todisti vedenpinnasta heijastuva kuvajainen. Parta tosin tökötti monen päivän ikäisenä. Ehkä hän parran saisi ajettua museolla, kun toisi ämpärillä vettä sisälle lämpiämään.

Hän lähti paluumatkalle vasta illalla niin että ennätti kauppaan hyvissä ajoin ennen sulkemisaikaa. Maantiellä hän tunsi herättävänsä huomiota reppuineen, mutta kukaan ei pysähtynyt, ei kai edes katsellut kovin pitkään.

Kaupassa hän täytti ostoskärryn säilykepurkeilla, maitojauheella, varrasleivällä ja meetvurstilla ynnä muulla. Hän osti myös hyvin halvan pienen radion ja herätyskellon, savukkeita ja iltalehden. Tuntui ettei kukaan suuressa marketissa hänen ostoksiin kiinnittänyt huomiota. Ehkä Suomen kesässä oli paljonkin outoja retkeilijöitä. Marketissa oli myös Alko ja hän hetken mietittyään kävi ostamassa viinipullon, halvimman mitä löysi. Don Opas, luki etiketissä.

Ostoksien kanssa hän piiloutui kaupan taakse pusikkoon lukemaan Ilta-lehteä. Lähistöllä pieni kööri juopotteli.

Ilta-lehti ei kertonut mitään, mikä häntä kiinnostaisi. Vaipion huvilan murtoa ei mainittu, ei myöskään Maurilan kuolemaa. Ministeritason riitoja tuntui piisaavan, se vei tilaa lehdestä. Ei hän jaksanut niihin syventyä, ei ollut koskaan politiikkaa seurannut. Lehden hän voisi lukea paremmin seuraavana päivänä, kuunnella uutisia myös radiosta.

Hän siirtyi lähemmäksi puliremmiä kuuntelemaan. Ringissä oli kuusi ukkoa istumassa kassien ympärillä. Viinipullo kiersi rinkiä. Yksi ukko hoiperteli kaukana niityllä, kulki ehkä kotiinsa. Miten huolettomilta nuo ukot näyttivätkään. Hän avasi oman viinipullon ja joi. Hän oli aikeissa liittyä ryhmään mukaan. Hän arveli että sulautuisi jo tuohon joukkoon kuin olisi siihen syntynyt.

Poliisiauto ajoi hitaasti marketin parkkipaikalla ja hän perääntyi takaisin pusikon taakse, asteli varmuudeksi niin pitkälle pusikkoon, ettei poliisi häntä voisi nähdä. Kun hän hetken kuluttua kurkisti paikalle, poliisiauto oli poissa ja ukot edelleen ringissä. Mutta hän ei enää halunnut samaan porukkaan.

Hän lymysi pusikossa myöhäiseen iltaan, joi viiniä, lähti vasta hämärissä kävelemään museolle. Perillä hän käveli ensin museon ohi ja vasta ohitettuaan Elias-villaksi kutsutun pienen mökin, loikkasi metsään, kulki takaisin polkua pitkin. Riihen luona hän seisahtui. Sieltä näki päärakennuksen ja miltei koko museoalueen. Ketään ei ollut enää liikkeellä. Hän kaivoi tiirikkanipun valmiiksi käteen, istui tupakan ajaksi katselemaan. Museorakennukset olivat hänelle jo tuttuja, olihan hän öisin käynyt jokaisen rakennuksen ovella. Sisälle hän ei ollut pyrkinytkään. Lämmitys oli vain päärakennuksessa ja renkituvassa, sekä pienessä punaisessa mökissä, tiesi hän vanhastaan.

Mutta parhaassa turvassa hän uskoi olevansa päärakennuksen ullakolla. Siellä oli öisinkin lämmin ja ullakolla vain romua mitä ei turisteille näytettäisi. Se oli kuin rauhan ja hiljaisuuden tyyssija, kuin luotu piileskelyä varten.

13.

Vaistoko häntä varoitti? Jo ennen kuin juna tuli asemalle, Taneli koetti ikkunasta nähdä parkkipaikan ja sieltä oman autonsa, sekä myös Fiestan missä oli hänen auton rekisterikilvet. Ja jo ennen kuin näki parkkipaikan, hän näki jonkun miehen seisovan parkkipaikan ja rautatien välissä jonkin kopin luona. Näytti kuin mies olisi tähystänyt parkkipaikalle. Kun mies kuuli junan tulon, hän kuin hämmästyi, asteli pari askelta kuin aikoisi kiertää kopin, oli sitten kuin olisi ollut tarpeillaan kopinnurkalla. Mies vilkuili olkansa yli ohi kulkevaa junaa.

Hän laskeutui junasta asemalle viimeisten joukossa. Vain pari kapakasta palaavaa miestä pääsi junasta yhtä hitaasti ulos. Kiireisimmät laskeutuivat jo alikulkutunneliin. Juomarit lähtivät taksikoppia etsimään. Se sijaitsi toisella puolella rataa kuin parkkipaikka.

Hitaasti hän asteli alikulkutunneliin. Muut matkaajat olivat jo menneet, juomareiden ääniä kuului takaa. Tunnelin toinen pää näkyi kaukana. Välistä olisi päässyt nousemaan ratojen väliin, mutta hän jatkoi matkaa, kurkisti tunnelin päästä parkkipaikalle. Seisoiko mies vielä kopin takana, sitä hän ei nähnyt. Mutta parkkipaikan ja maantien reunassa seisoi aivan vieras auto, seisoi vielä paikassa mihin ihmiset eivät yleensä autojaan parkkiin jättäneet. Näytti kuin auton sisällä joku olisi tupakoinut.

Autoja parkkipaikalla yöllä oli enää hyvin vähän. Hän näki oman auton, näki myös Elias Turasen auton. Pitikö kopin takana ollut mies silmällä hänen autoa, vai autoa missä oli hänen auton rekisterikilvet. Sitä oli vaikea arvata. Hänen auto oli pysäköity lähelle koppia, missä oli miehen nähnyt junan saapuessa asemalle, mutta Elias Turasen auto oli aivan hänen auton vieressä. Melkein kaikki muut autot olivat poissa. Vain parkkialueen toisella reunalla oli autoja parkissa, mutta ne kai olivat läheisen asuinalueen asukkaiden kulkuneuvoja.

Samassa kopin takana ollut mies asteli keskelle parkkipaikkaa, levitteli käsiään maantielaidassa olevan auton suuntaan. Vielä mies kääntyi katsomaan rautatieasemalle, ei havainnut häntä tunnelin suulla. Jotain mies odotti.

Hän päätti uskaltautua liikkeelle, käveli vähän hoiperrellen viistosti parkkipaikan poikki kuin päämääränä olisi kadun toisella puolella sijaitseva kapakka. Mies kääntyi katsomaan häntä. Autossa ollut mies avasi oven, astui ulos. Taneli painoi mieleen auton rekisterinumeron.

Hän jatkoi matkaa miehen ohi. Hetken aikaa hän näki selvästi miehen kasvot.

Kun pääsi kadunreunaan, hän vilkaisi taakseen. Mies oli kadonnut parkkipaikalta. Toinen nojasi autoa, mutta ei katsonut hänen suuntaan. Odottivatko he seuraavaa junaa?

Jotakin oli tekeillä, siitä hän oli varma. Jotain joka liittyi jotenkin Elias Turaseen. Odottivatko nuo kaksi miestä parkkipaikalla sitä, että tuo joku Elias Turanen tulisi noutamaan autoaan. Ja mitä sitten tapahtuisi?

Kun pääsi poikkikadulle, hän soitti taksin ja ajoi sillä kotiin.

14.

Nainen istui tuolilla, mitä hän oli jo tottunut käyttämään. Nainen istui siinä kuin kotonaan. Hänen tullessa sisälle nainen vain hiukan käänsi päätään, oli taas kuin ei häntä huomaisikaan. Nainen katseli maisemaa ikkunasta, maisemaa missä hänen käsittääkseen ei ollut mitään katsottavaa edes kirkkaassa päivänvalossa, saatikka yön pimeydessä.

– Renkituvan alla asustaa kärppä, nainen sanoi. – Tai joku muu sellainen.

Hän sai vain ynähdyksen suusta ulos.

Ei hän tiennyt miten kauan aikaa kului, minuutti vai puoli tuntia. Hän oli kuin lamaantunut kynnykselle.

Nainen sanoi päätään kääntämättä.

– Täällä on aika hyvä tarkkailupaikka. Maantielle vaan ei kovin hyvin näe. Se on toi sireenipuska esteenä.

Hän astui sisälle. Nainen kääntyi häneen päin, arvioi katseella häntä.

– Painatko valon päälle, nainen käski. – Toin siihen tullessani uuden lampun.

Hän löysi katkaisijan, valo syttyi katossa roikkuvaan lamppuun.

– Mistä helvetistä...?

– Tunsin tupakan hajua, kertoi nainen. – Kun ei täällä käy ketään muita kuin huoltomies joskus, ja sekään kun ei polta. Arvasin että joku ulkopuolinen on käynyt paikalla. Kaiken lisäksi, kun täällä ullakolla kulkee, niin pölyä varisee välikatosta alakerran lattioille.

Taas hän oli ollut huolimaton. Hän oli ollut sitä turhan usein viime aikoina, tehnyt viimeisen keikan jälkeen enemmän pieniä virheitä kuin muutoin yhteensä. Hän oli tehnyt virheen siinäkin, kun ei ollut valmiiksi miettinyt sitä, minkälaisen selityksen kertoisi jos tulisi ullakolla yllätetyksi. Hän osasi kyllä valehdella, hän oli valehdellut ennenkin, oli harjoitellutkin sitä peilin edessä monet kerrat, mutta hän osasi valehdella vain jos oli paljon aikaa miettiä valhe valmiiksi. Äkkiseltään hän ei saanut edes valkoista valhetta huulilta ulos.

– Oletko jo kauan täällä majaillut?

– En, vuorokauden vai pari.

Nainen mietti jotain. Hän sai luunsa liikkeelle, istahti sängynlaidalle.

– Eikö niitä olisi mukavampiakin paikkoja leireillä, nainen sanoi. – Näin kesällähän sitä tarkenisi ihan vaikka metsässä.

Hän tuli samassa miettineeksi aivan samaa. Olisihan hän voinut ostaa teltan ja makuupussin ja kulkea niin pitkälle metsään, ettei kukaan ikinä paikalle löytäisi.

– Juuri nyt ei ole parempaa paikkaa.

– Eikö ole kotia vai?

– Koti on, mutta ei sinne nyt ole menemistä.

– Onko vaimo äksynä?

– En tiedä onko vai ei. Vaimo kyllä on ja luultavasti on äksynä.

Nainen kääntyi taas katsomaan ikkunasta ulos. Hän lysähti sängynlaidalle. Noinko se oli pakoreissun loppu tässä?

Nainen oli kai alle kolmekymppinen, saattoi olla vähän ylikin. Lampusta tuleva valo valaisi naisesta sen puolen jota hän ei sijaltaan kunnolla nähnyt. Elopainoa naisella takuulla oli liki 80 kiloa, siis reilusti enemmän kuin mitä hänellä oli. Hän ajatteli hetken, että miten siinä kävisi, jos he joutuisivat käsirysyyn. Huoneessa minkä lattialla oli tuhottomasti roinaa, nainen saattaisi massallaan hyvinkin voittaa hänet. Jokin naisen olemuksessa kertoi, että nainen oli urheillut, ehkä jopa käynyt punttisalilla. Sen näki harteista ja käsivarsista, vaikka nainen istui veltosti tuolissa.

Hän toivoi, ettei joutuisi painimaan naisen kanssa. Väkivaltaa hän oli aina kaihtanut.

Nainen kääntyi häneen päin, äänessä oli uteliaisuutta.

– Miten sisälle pääsit ja miten onnistuit väistämään valvontakamerat?

– Keittiön ovesta tulin, hän sanoi.

Hän jäi sitten miettimään sitä, että miten nainen suhtautuisi jos hän kertoisi, ettei päärakennuksessa ole valvontakameraa, on vain liikkeentunnistin ja ovitunnistin pääovessa. Kertoisiko senkin, että oli ollut paikalla katsomassa kun Kepinen hälytysjärjestelmää asensi ja osaisi kiertää liikkeentunnistimet. Tai jos kertoisi senkin, että Kepisen asentamat laitteet eivät ehkä toimisi ollenkaan.

Hän piti suun kiinni.

Nainen kertoi, että joskus aikaisemminkin oli päärakennuksessa majaillut joku kulkuri ties mitenkä kauan, ehkä koko kesän pitkälle syksyyn. Mutta silloin hälytysjärjestelmä kai oli ollut toisenlainen, jos sitä oli ollut ollenkaan. Ehkä juuri kulkurin takia hälytyslaitteet oli sen jälkeen asennettu. Kulkuri oli silloin tiirikoinut keittiön oven auki, asunut enimmäkseen vain ullakolla.

– Ihan sattumalta sekin silloin kiinni jäi, nainen kertoi. – Siksi kun ei ole sisävessaa. Se oli käynyt tarpeillaan metsässä ja aina samassa paikassa. Oli ruvennut haisemaan. Oli joku lähiseudun asukas sitten ruvennut tarkkailemaan museota, ja nähnyt missä se kulkuri asui. Poliisi sen sitten oli hakenut. Et kai itse ole tänne nurkkiin tarpeita tehnyt.

– En ole. Tuolla metsässä olen pari kertaa käynyt. Tuohon ämpäriin lorotellut ja yöllä olen käynyt sen tyhjentämässä. Tänään olin järvellä pesulla.

– Kapakastako sinä tänne aina hiivit?

– En minä kapakassa ole käynyt herran aikaan.

Nainen kääntyi taas tuijottamaan ikkunasta.

– Täältä ei kai mitään ole varastettu?

– En minä varkaisiin tullut.

– Eikä mitään ole rikottu?

– Miksi olisikaan.

– Jonkinlaisen selityksen minä kyllä tahtoisin kuulla.

– Minä, niin, minä olen pakomatkalla.

– Poliisiako paossa?

– Kun en tiedä. En usko että minua poliisi etsii. Mutta joku kuitenkin etsii ja ovat pahalla päällä. Tai voi olla että poliisikin etsii.

– Minun pitäisi ilmoittaa poliisille sinusta, nainen sanoi.

– Kuka sinua takaa ajaa?

– Se siinä niin outoa onkin, kun en tiedä.

– Minun pitää ihan nyt soittaa yksi puhelu. Mutta en minä poliisille soita, soitan vaan enolle ettei huolestu.

Naisen puhuessa puhelimeen hän koetti keksiä selitystä museolla ololleen, mutta ei saanut mieleen sopivaa valhetta minkä kertoisi. Pitäisikö hänen puhua totta, kertoa naiselle niin kuin asiat olivat?

Sinikka Kaasala suhtautui murtomieheen aluksi vakavasti, kuten museolle murtautujaan kuuluikin suhtautua. Hän piti nyrkissä kaiken aikaa pientä spraypulloa, joka sisälsi mitä lie kyynelkaasua. Pian hän kuitenkin rentoutui. Murtomies ei vaikuttanut lainkaan väkivaltaiselta mieheltä. Toisaalta mies oli myös niin laiha ja hintelä, vaikutti niin huonokuntoiselta, ettei ehkä olisi hänelle pärjännyt vaikka olisi yrittänyt jotain. Miehen ruokottomasta ulkomuodosta olisi voinut päätellä miehen juopotelleen viikon päivät.

Selitettyään asiat puhelimessa Tanelille noin suurin piirtein kuten ne olivat, hän ryhtyi uudelleen tenttimään murtomiestä. Ja Elias kertoi nimensä, missä oli syntynyt ja milloin, kertoi että äiti oli kuollut kun hän oli vielä sylilapsi ja että isä oli sen jälkeen lähinnä vain juopotellut. Nämä asiat Sinikka sivuutti, sanoi:

– Naimisissa, sanoit että olet naimisissa. Onko lapsia?

– Naimisissa ja naimisissa. Lapsia ei nyt ainakaan ole. Mutta naimisissa minä oikeastaan olen. Tai ehkä se nyt viimeistään päättyy. Olisi se kai päättynyt muutenkin, minun avioliitto. Se meidän suhde alkoi valheilla ja jatkui samalla lailla. Sanna jätti kertomatta sen, ettei voi saada lapsia. Vasta hääyönä näin sen mahassa jotain arpia ja vasta kuukausien päästä sain tietää, ettei meille lapsia tule.

– Mistä ne arvet oli peräisin?

– Enpä tullut sitä koskaan kysyneeksi.

– Mitä itse jätit kertomatta?

– Melkein kaiken. Tosin ei silloin vielä mitään kertomista olisi ollutkaan, oli vain läpeensä tylsä elämä jota ei viitsinyt edes itse muistella. Nyt kai ne jotka minun kintereillä ovat, ne kai mukiloivat vaimonkin.

– Miksi?

– Kun en tiedä. Ne vaan jotenkin pääsi kannoille. Sen jälkeen kun... Niin, kun minä tein yhden keikan.

– Minkä keikan?

– Niin, minä murtauduin yhteen huvilaan. Sen jälkeen joku on ollut kannoilla. Tai on välillä ollut vähän edelläkin. En kyllä ymmärrä, miten ne...

– Murtauduit huvilaan ja nyt murtauduit museolle. Oletko oikein ammattilainen?

– Tänne museolle murtauduin vain siksi, kun piti päästä piiloon.

– Niitä takaa-ajajia vai?

– Niitä, niitä juuri. Ne jotenkin pääsi minun kannoille.

Hän huomasi kertovansa naiselle viimeisen keikan jälkeisiä tapahtumia, päätöntä pakoaan sinne tänne, lopetti vasta kun pääsi Jaakko Maurilan kylpyhuoneeseen. Muisto Jaakon ruumista hetkeksi mykisti hänet.

– Joku tosiaan on sinun kannoilla, sanoi Sinikka.

– En ymmärrä miten minun kannoille pääsivät. Olin niin varovainen kuin olla ja voi.

– Et tarpeeksi varovainen. Sinä olet tehnyt jonkun virheen.

Sinikan yllätykseksi tuo laiha rikollinen hermostui jostain, kimmahti sängynlaidalta kävelemään edestakaisin.

– Minä en juuri virheitä tee, mies vakuutti. – Varovainen, sitä minä olen aina ollut, varovainen ja huolellinen. Varovainen ja varovainen, se on minun mottoni. Pitää aina olla varovainen ja huolellinen, se on murtopuuhissa kaikkein tärkeintä. Pitää suunnitella jokainen keikka huolellisesti. Ja niin minä aina olen tehnytkin, suunnitellut ja ollut varovainen. Se viimeinen keikkakin, suunnittelin sitä ainakin kymmeneen kertaan. Ja sitten vielä päivänvalossa ajelin omalla autolla kaikki lähitienoon tiet läpi. Enkä muuten vielä koskaan ole joutunut poliisin kanssa tekemisiin. Sehän siinä on kaikkein tärkeintä, ettei jää kiinni. Ei varsinkaan sitä ensimmäistä kertaa. Jo yksi lieväkin tuomio vie miehen poliisinkirjoihin ja sen jälkeen oli aina epäiltynä. Ei siinä auta vaikka lusii tuomionsa kiltisti ja lupaa tehdä parannuksen. Kun on kerran rosvo, niin poliisien silmissä on aina rosvo. Millään muulla ei ole väliä, kunhan ei jää kiinni. Murtomies kun jää kiinni, niin kaikki romahtaa, ihan kaikki. Kiinni jäänyttä epäillään aina, uudelleen ja uudelleen. Kukaan ei arvosta vankilassa viruvia vätyksiä, ei kukaan todellinen huippumies. Pitää olla varovainen ja huolellinen, suunnitella kaikki tarkasti ja pysyä suunnitelmassa niin hyvin kuin voi. Kaikki vankilassa viruvat rikolliset, ne ovat siellä silkkaa huolimattomuuttaan. Ne joko eivät viitsi suunnitella kunnolla keikkaa, tai jos suunnittelevat, tekevät virheitä silkkaa laiskuuttaan.

Sinikka katsoi murtovarasta huvittuneena. Alkuun päästyään tuo laiha mies paasasi hänelle kuin pitäisi jotain esitelmää. Hän pidätti naurua, antoi laihan rikollisen paasata, ja kun mies viimein veti henkeä, hän sanoi:

– Nyt taidat kuitenkin olla pulassa. Nökötät täällä kuin hiiri kolossa.

– Niin, myönsi Elias. – Viimeisen keikan jälkeen kaikki on mennyt pieleen. Se oli jonkun Vaipion asunto, tai huvila. En tajua mitä sen jälkeen on tapahtunut. Välillä tuntuu kuin olisin noiduttu.

– Minun täytyy taas soittaa. Lupasin niin enolle.

– Älä nyt ihan kaikille kerro missä olen.

– En kerro. Sen jälkeen menen kotiin. Ehdin vielä pari tuntia nukkua ennen kuin töihin pitää lähteä. Mutta minä tulen tänne huomenna taas, tulisin vaikka et täällä olisikaan.

– Täällä minä ainakin huomisen vielä olen, jos lähden, lähden vasta seuraavana yönä.

15.

Taneli koetti ensin ottaa selville, kenelle kuului parkkipaikalla näkemänsä vieras auto, mutta sen omisti autovuokraamo. Siellä ei muutoin niin ystävällinen nainen suostunut kertomaan sitä, kuka auton oli vuokrannut.

Seuraavaksi hän otti selville sen, että Elias Turanen oli töissä Vahti Oy:ssä, paitsi ettei ollut enää ilmestynyt työpaikalleen. Puhelimeen vastannut työnjohtaja Kuranniemi ei ollut ystävällinen ja suostui kertomaan vain sen, että Elias Turasta ei ole näkynyt. Kuulosti kuin Kuranniemi olisi sydänjuuria myöten loukkaantunut Elias Turasen käytöksestä.

Hän jäi miettimään, että jos Turasen auto oli varastettu, niin ei kai mies sitä niin paljoa surrut, että jäi töistä pois, eikä edes ilmoittanut mitään syytä poissaoloon.

Turasen kotipuhelimeen ei kukaan vastannut ja myös Eliaksen kännykkänumero pysyi mykkänä. Hän selasi hetken muistikirjaa, oliko hänellä tuttuja Veikkola nimisessä kylässä. Kyllä heitäkin jokunen oli, mutta tuntisiko joku heistä Elias Turasen.

Hän soitti ensin mieleen tulleelle tuttavalle, kyseli vointia, kyseli sitten tunteeko Turasen. Nimi oli vastaajalle vieras, mutta osoite tuttu. Taneli sai puhelinnumeron, joka kuului jollekin Turasen naapurille. Puhelimeen vastasi joku Käkriäisen Aili.

– Minä olen sitä Turasen Eliasta koettanut tavoittaa, hän selitti. – Kun ei se ole töihin ilmestynyt. Että onko kuollut vai kuolemansairas?

– Ettekö te sitten vai vielä tiedä? ihmetteli Käkriäisen Aili. – En minä tiedä missä Elias on, mutta vaimo mukiloitiin ja on kai vieläkin sairaalassa. Sanna se on nimeltään, se Eliaksen vaimo. Kaksi miestä oli vaan ilmestynyt jostain ja mukiloineet Sannan. Eliasta ei ole sen koomin näkynyt.

Täällähän siitä koko kylä kuohuu. Että onko mafia asialla ja Elias makaa kuolleena jossakin.

– Missä se Sanna sitten...?

– Sairaalassa. Soittakaa sille. Jorvin sairaalaan vietiin.

Hän sai Sannan numeron, soitti saman tien. Kun Sanna vastasi puhelimeen, hän sanoi etsivänsä Eliasta:

– Mitä se roisto on oikein tehnyt, oli Sannan vastaus.

– En tiedä onko tehnyt mitään. Haluaisin vaan tietää missä se on?

– Ei se ainakaan sairaalassa ole käynyt. Eikä tarvi enää tullakaan. Minä en siitä miehestä halua tietää yhtään mitään. Olkoon vaikka kuollut, minun puolesta.

Sanna sulki puhelimen.

Hän soitti uudelleen Käkriäisille ja kun emäntä vastasi, hän valehteli, ettei ollut Sannaa tavoittanut. Kun emäntä alkoi uudelleen kertoa Sannan puhelinnumeroa, hän sanoi:

– Ei minun niin välttämättä tarvitse vaimoa puhelimeen saada. Jos kerran on sairaalassa, tiedä vaikka olisi tutkittava paraillaan. Mutta kun sen Eliaksen työmaalla ihmettelevät, että mitä oikein on tapahtunut kun ei miestä näy eikä kuulu?

Käkriäisen emäntä oli varsin hyvin selvillä mitä oli tapahtunut ja selosti:

– Kai minä voin kertoa, jos kerran töissä ollaan huolissaan. Sinne oli kaksi miestä tullut päivällä, Turasille kotiin. Olivat Elisasta kyselleet. Olivat kuulemma jo aikaisemminkin käyneet sitä Eliasta hakemassa, mutta eivät löytäneet. En tiedä oliko samat miehet asialla, eikä Sannakaan tiennyt. Minä tämän verran tiedän siksi, kun olen Sannan kanssa jutellut. Kun Sanna ei tiennyt niille miehille kertoa Eliaksen olinpaikkaa, oli toinen miehistä lyönyt ihan noin vaan. Sellainen tunne Sannalle oli jäänyt, että mies olisi voinut vaikka tappaa ellei se toinen olisi estellyt sitä. Niin Sanna itse kertoi, ennen kuin ambulanssi vei. Minä siellä olin ihan ensimmäisenä paikalla ja hälytin apua. Ambulanssi vei Sannan. Ja kun minä soitin sille sairaalaan myöhemmin, se sanoi, ettei kai aio takaisin kotiin enää tullakaan. Sano että aikoo maata sairaalassa niin kauan kuin sairaalassa voi maata. Eikä tiennyt vielä sitäkään, tuleeko enää ollenkaan takaisin, kun se Eliaskin on missä on. Onko elossa edes?

– Missä se on?

– Sitä kun ei kukaan taida tietää. Ei Sanna ainakaan ole kertonut jos tietääkin. Kioskilla oli kuulemma käynyt joskus myöhemmin. Se joku yksi Lauri oli sen siellä nähnyt. Mutta ei kuulemma oikein sanaakaan meinannut miehestä irti saada. Mutta sellainen tuppisuuhan se on ollut aina, se Elias. Mutisee vaan ja kulkee sinne ja tänne.

Tämän Taneli sai selville työpäivän aikana ravintolan aulassa puhelimen avulla. Hän arveli, että Elias Turanen oli saanut jostain vihiä häntä hakevista miehistä, ennen tai jälkeen kuin mukiloivat hänen vaimon, ja paennut miehiä autolla Kirkkonummen rautatieasemalle. Oliko Elias siellä aikonut vaihtaa autoa? Mutta miksi oli vaivautunut rekisterikilpiä vaihtamaan, jos kiireellä säntäsi pakoon. Miksi oli molemmat autot jättänyt rautatieasemalle? Oliko ykskaks päättänyt jatkaa pakoa junalla? Miksi oli ajanut autonsa Kirkkonummen rautatieasemalle? Olisihan Veikkolasta päässyt linja-autolla moneen muuhun suuntaan helpommalla. Missä Turanen oli nyt? Kuka oli ilmoittanut Eliaksen auton varastetuksi, jos kerran vaimo makasi sairaalassa ja Elias itse oli tiessään.

Hänen työpaikkansa sijaitsi lähellä poliisiasemaa ja työpaikalla kävi useitakin poliiseja syömässä ja iltaisin myös juomassa. Parhaiten hän heistä tunsi etsivä Viiriäisen. Heidän tuttavuus oli alkanut vuosikausia aikaisemmin ja aivan sattumalta. Hän oli silloin kesäpäiviä kuluttanut kapakan edessä, katsellut katuelämää. Aika pian hän oli nähnyt jotain, josta teki mieli kertoa muillekin. Se oli muuan noin kolmekymppinen mies, joka asteli puistossa päivästä toiseen. Kun hän aikansa seurasi miestä, hän näki tämän antavan jotain jollekin ja saavansa siitä rahaa. Kun sama toistui seuraavana päivänä uuden asiakkaan kanssa, hän kertoi siitä ensin syömään tulleelle poliisille. Se sattui olemaan etsivä Viiriäinen.

Viiriäinen oli oitis soittanut jollekulle, jäänyt sitten itse kadulle vahtimaan.

Hän oli palannut kapakan narikkaan töihin ja kun etsivä oli vähän myöhemmin tullut sisälle, oli kertonut että homma oli hoidossa.

"Oli huumekauppias," oli Viiriäinen sanonut. "Olivat sitä jo etsineetkin. Nyt se jäi kiinni. Kävivät huumeosaston pojat sen nappaamassa."

Huumekauppiasta hän ei sen jälkeen enää koskaan nähnyt, Viiriäisen sitäkin useammin. Monesti Viiriäinen päivällä kävi ravintolassa syömässä ja tuli vielä illalla uudelleen. Jos hänellä aikaa oli, he istuivat hetken samassa pöydässä.

Hän oli osaltaan auttanut pidättämään rikollisen. Tuo oli ollut niin helppoa ja hauskaa, että hänen teki mieli alkaa uudelleen poliisiksi ja olisi kai alkanutkin jos olisi päässyt heti rikosetsiväksi.

Hän oli siitä lähtien katsellut katuelämää aivan uusin silmin, oli etsimällä etsinyt ihmisten joukosta rikollisia. Ja paljon hän heitä näkikin, tosin enimmäkseen vain pikkurikollisia. Joku myi viinaa kadulla, joku toinen myi huumeita, joku nainen kauppasi jopa itseään. Oli taskuvarkaita ja oli autovarkaita ja muitakin varkaita, oli pukareita tappelemassa nyrkein, puukoin ja pyssyin. Hän seurasi katuelämää kesäisin jalkakäytävällä kapakan oven vieressä, puoliksi piilossa oven takana, talvisin ikkunan läpi. Jatkuvan seurannan ansiosta hän tiesi monen pikkurikollisen liikkeet jo ennalta. Kaikesta näkemästään hän osasi antaa seikkaperäisen selostuksen Viiriäiselle, joka pani nimet ja rikokset paperille, kävi pidättämässä rikollisen jos aihetta tarpeeksi oli.

Ja kaiken hän onnistui tekemään oman työnsä ohella. Kapakan ovimiehenä hänellä ei kiirettä ollut. Päivävuorossa ravintola täyttyi asiakkaista vain ruoka-aikaan, ja uudelleen vasta illansuussa. Muun ajan hän vahti ihmisiä, kaikkia heitä joita piti rikollisina. Iltavuorossa oli töiden puolesta kiireempää, mutta silloinkin vaikka kapakka täyttyi asiakkaista, hän saattoi kadulla seurata jonkun pikkurikollisen touhuja. Aina milloin kapakkaan tuli ihmisiä joita hän uskoi rikollisiksi, hän salaa kuunteli mitä nämä puhuivat, yritti välillä päästä juttuihin mukaan. Myöhään illalla juopuneiden asiakkaiden seurassa se onnistuikin toisinaan. Milloin sai jotain selville, hän ilmoitti siitä Viiriäiselle. Viiriäinen hoiti rikolliset sinne, minne nämä kuuluivat.

Vaikka asiasta ei koskaan puhuttu mitään, niin Taneli uskoi, että Viiriäinen noiden muutamien ylimääräisten pidätysten ansiosta oli onnistunut vakiinnuttamaan paikkansa poliisivoimissa etsivien joukossa taantuma Suomessa nykypäiviin asti, aikana jolloin ei kai kukaan voinut olla aivan varma työpaikkansa puolesta.

Mitään vastapalvelusta hän ei koskaan ollut saanut eikä pyytänyt. Hänelle tuo toi pientä jännitystä elämään. Virka ravintolan ovimikkona kun ei kovin hohdokasta ollut. Ehkä paras palkinto oli se, kun Viiriäinen oli sanonut, että palkkaisi hänet oitis rikosetsiväksi jos se hänen vallassa olisi.

Viiriäisen tullessa illemmalla kapakkaan, hän lyöttäytyi seuraan ja kertoi Viiriäiselle autonsa rekisterikilvistä.

Viiriäinen ei vaikuttanut kovin kiinnostuneelta. Kyllä hän sen ymmärsikin. Viiriäinen oli rikosetsivä, joka ei kiinnostunut pienistä rikoksista. Autovarkaus kun oli pikkurikos, ja vielä pienempi, kun autoa ei edes varastettu, vain kilvet oli vaihdettu. Mutta kai se oli aiottu varastaa, vaikka Sinikka olikin epäillyt, että varas oli ollut liikkeellä yön pimeydessä, ja vasta auringon noustessa nähnyt minkälaiseen romuun oli kilvet kiinnittänyt, jättänyt siksi työn kesken.

Toisaalta oli niinkin, että Viiriäinen vaikutti aina aika innottomalta, monesti jopa laiskalta. Mutta kun Viiriäinen sitten alkoi juttua keriä, oli hän sitkeä ja päättäväinen. Alkuun pääseminen vain näytti tuottavan vaikeuksia. Kai juuri tuon laiskuuden takia Viiriäinen oli edelleen sama etsivä kuin heidän ensikertaa tavatessa. Ei hän ylempiä virkamiehiä olisi kehdannut häiritäkään.

– Voin minä koettaa katsoa niitä juttuja, lupasi Viiriäinen. – Mutta varsinkin näissä autovarkauksissa on se paha vika, että niitä tekevät kaiken maailman huumehörhöt. Ei niissä yleensä ole päätä eikä häntää. On kai vaan onneton sattuma, että on sinun auto jäänyt jonkun huumehörhön silmiin.

– Mutta se Elias Turanen, minä otin siitä vähän selvää, kertoi Taneli. – Se on kadonnut. Ei ole enää ilmestynyt työpaikalle, eikä kotiin. Ja sen vaimo, se on mukiloitu.

– Viittaa vähän kolmiodraamaan, mietiskeli Viiriäinen. – On vaimo ja on aviomies ja vaimolla on rakastaja. Niitäkään ei oikein pysty selvittämään, ellei kukaan tee rikosilmoitusta. On mies itse voinut muuttaa vaikka ulkomaille muijan mukiloituaan. Kyllähän sen poliisi pystyisi selvittämään, että onko ostanut matkalippuja minnekä asti, mutta kun ei ole mitään syytä sitä tehdä. Tai voihan se olla vaikka retkeilemässä jossain korpimetsässä. Jos joku edes ilmoittaisi sen kadonneeksi, tai jos sitä epäiltäisiin jostain rikollisesta. Jos on itse muijansa mukiloinut, niin pitäisi vaimon tehdä siitä rikosilmoitus. Sama juttu jos vaimon rakastaja on mukiloinut sen vaimon. Ne mukiloidut vaimot eivät vain kehtaa mitään tehdä, kun pelkäävät jäävänsä kyläläisten hampaisiin.

– Ei, kyllä siellä kävi jotkut vieraat miehet.

– Mistä sinä sen tiedät?

– Soitin sen naapurille, sen joka sen vaimon oli löytänyt mukiloituna. Se kertoi että ihan vieraat miehet kävivät kylässä. Rikos se on ilman muuta, sanoo vaimo mitä sanoo.

– Siinä voisi tietysti olla syy ruveta vähän penkomaan.

Taneli sai vielä tietää Viiriäiseltä sen, että Kirkkonummella muuan Jaakko Maurila oli tapettu kotiinsa. Viiriäinen veikkasi, että asialla ei ole mitään tekemistä Tanelin auton rekisterikilpien vaihtumisen kanssa.

– Tuntuu että olisi jotain rikollisten keskinäistä selvittelyä, sanoi Viiriäinen. – On toisaalla muuan toinenkin pikkutekijä tapettu. Voi olla rikollisjengien välinen kahnaus, ellei peräti jengisota. Se juttu on nyt huumeryhmän hoidossa, kun oli sen sortin tavaraa jutussa mukana. Sen voi jo lukea lehdistä, niin mitäpä sitä salailemaan.

Hän kertoi Viiriäiselle vielä parkkipaikalla näkemänsä auton rekisterinumeron.

– Sen minä voin selvittää hetkessä, sanoi Viiriäinen, kaivoi kännykän esille, toisti kohta rekisterikilven merkkisarjan puhelimeen. – Valde Jakosensaari, mikä mies se sellainen on? Eikö ole tietoja?

Viiriäinen soitti toisen puhelun, toisti nimen Valde Jakosensaari, mutta kirosi kun sulki puhelimen.

– Kun ei miehestä mitään tietoja helpolla löydy, se melkein aina tietää sitä, että mies salailee jotain. Niin se saattaa tämä Valdekin tehdä.

Samassa Taneli muisti missä oli aikaisemmin nähnyt parkkipaikalla näkemänsä miehen, oli nähnyt muutaman kerran jopa. Mies oli ollut mukana seurueessa, joka liikkui liikemies Vaipion kannoilla.

Viiriäisen lähdettyä hän jäi miettimään sitä, että mikä mies oli Vaipio, Jorma Vaipio. Kovin paljoa muisti ei hänelle Vaipiosta kertonut. Mies oli parin viimeisen vuoden aikana lyönyt rahoiksi jollain keinolla, päässyt piireihin joihin hän ei päässyt. Mutta mitä mies oli tehnyt asemansa eteen, siitä hänellä ei ollut aavistustakaan. Hän oli nähnytkin miehen vain pari kertaa kapakan ovella seisoessaan. Mies oli mennyt poliisiasemalle pienen saattojoukkonsa kanssa. Miten hän oli miehen edes huomannut? Joku tuttu asiakas oli jotain miehestä sanonut ja hän kai siksi oli katsonut saattojoukkoa hieman tarkemmin. "Aikoo mukaan politiikkaan tuokin jehu", oli tuttu asiakas sanonut.

Mutta mitä Vaipion henkivartija, tai mikä pukari tämä olikaan, teki parkkipaikalla, vahtiko hänen vai Elias Turasen autoa?

Sinikkakin oli sitten tehnyt niin kuin aina ennenkin, tehnyt oman päänsä mukaan ja mennyt illalla museolle. Häntä hieman huvitti ja harmitti samaan aikaan. Vanhempien poissa ollessa Sinikka kyllä kertoi hänelle miltei kaiken mitä tapahtui tai mitä aikoi, mutta ei koskaan tehnyt kuten hän ehdotti, ei piitannut mitään mistään varoituksista.

Vanhempiaan tyttö sentään oli totellut, mutta kun vanhemmat häipyivät maailmalle, tyttö teki mitä itse halusi.

Illasta alkaen tyttö oli sentään soittanut hänelle tunnin välein, kuten oli luvannutkin. Ei hän siksi sen enempää miettinyt Sinikkaa tai museota. Hän oli jonkin mielenkiintoisemman jutun jäljillä, eikä hän käsittänyt minkä. Se joku joka oli hänen autoon vaihtanut rekisterikilvet, ei ehkä ollutkaan mikään tavallinen huumehörhö.

Kun tuli yöllä taksilla rautatieasemalta kotiin, Taneli ei käynyt nukkumaan. Sen sijaan hän kaatoi lasiin tilkan viskiä, otti hyvän asennon sohvalla, koetti koota viimeaikaisia tapahtumia kuin palapeliä ikään. Ja palasia hänellä peliin jo oli: Elias Turasen auto oli varastettu. Auto oli ajettu Kirkkonummen asemalle ja siellä autoon oli vaihdettu rekisterikilvet jotka oli viety hänen autosta. Hän oli saanut tilalle Turasen auton rekisterikilvet. Elias Turanen tai joku muu oli ilmoittanut poliisille auton varastetuksi. Elias Turanen itse oli kadonnut jonnekin. Veikkolassa pari miestä oli tunkeutunut Turasen asuntoon ja mukiloineet Turasen vaimon. Samoihin aikoihin oli muuan pikkurikollinen Maurila tapettu asuntoonsa, vain parin kilometrin päähän paikasta missä Elias Turasen auto oli. Ja hieman myöhemmin Sinikka oli huomannut jonkun tunkeutuneen museolle, vain reilun kilometrin päähän Elias Turasen autosta.

Olivatko nuo tapahtumat yhtä ja samaa juttua, vai oliko vain sattumaa että asiat olivat tapahtuneet päälletysten. Oliko jutussa jo liikaa sattumia?

Taneli mietti näitä vielä aamuyöllä kun näki Sinikan palaavan kotiin. Hän kiirehti pihalle vastaan.

– Miten museolla meni, hän kysyi.

– Meni miten meni, vastasi Sinikka.

– Oliko siellä vieraita?

– Joku siellä kyllä oli. Mutta kun mitään ei varastettu eikä rikottu, niin ajattelin että annan asian vielä olla.

– Miten se oli sinne sisälle päässyt?

– Oli joku luukku jäänyt raolleen.

Hän ymmärsi tuosta vain sen, että Sinikka ei halunnut hänelle kaikkea kertoa. Se ei yllättänyt häntä, eikä hän kysynyt enempää. Sinikka oli jo tyttönä tehnyt asioita oman päänsä mukaan. Hän ajatteli, että Sinikalla taisikin olla romanssi meneillään. Ehkä Sinikka ei ollut museolla käynytkään, vaan viettänyt jossain muualla aikaa uuden poikaystävän kanssa. Miksi sitten oli kertonut menevänsä museolle? Vai toimiko museo Sinikan lemmenpesänä?

Aamulla hän ronkki selville tietoja tapetusta miehestä, Jaakko Maurilasta. Maurila oli miltei samanikäinen kuin Elias Turanen. Helppo oli selvittää sekin, että olivat samaa koulua käyneet. Mutta sehän ei mikään rikos ollut. Joskus armeijan jälkeen polut tuntuivat eroavan.

Soitto Viiriäiselle selvitti sen, että Jaakko Maurilalla oli pitkä rikosrekisteri. Poliisin rekisterissä Maurila kuitenkin oli pikkurikollinen, oli vain murtoja, ja rähinöitä, joku tappelu nyrkein. Muutaman viimeisen vuoden aikana Maurila ei ollut enää tuomiolle joutunut. Oliko parantanut tapansa vai kehittynyt poliiseja ovelammaksi? Turanen taas rikosrekisterin mukaan oli puhdas kuin pulmunen, niin puhdas että epäilytti.

Viiriäisen kanssa rupattelu toi esille toisenkin tapetun miehen ja nyt selvisi myös miehen nimi, joku Sammaleinen, Usko Sammaleinen, tarkisti Viiriäinen papereistaan.

– Se oli mukiloitu hengiltä. Kallonmurtuma on kai kuolinsyy.

Sammaleinen oli kuitenkin vaikuttanut jossain Haukinummella, kaukana lähes kaikesta.

Ei miesten välillä tuntunut olevan mitään pitävää sidettä, mutta silti se mietitytti. Sammaleinen oli kuollut, mukiloitu kuoliaaksi. Maurila oli kuollut, ammuttu. Elias oli kadonnut samaan aikaan. Siitä voisi päätellä, että Eliaskin löytyisi kuolleena.

Vaikka vaikutti, ettei Sammaleinen kuulunut asiaan, hän liitti vielä Sammaleisenkin palapeliinsä.

16.

Naisen mentyä museolta Elias oli kellistynyt sänkyyn ja oli saman tien nukahtanut ja nukkunut pitkälle aamuun, vaikka tarkoitus oli että nukahtaisi vasta museon työmiehen tultua töihin, heräisi aina miehen lähdettyä. Päivällä oli vaikea saada aikaa kulumaan, kun ei uskaltanut missään liikkua.

Herätessä hän oitis muisti yöllä tapaamansa naisen. Häntä kadutti ja nolotti. Kadutti se että oli paljastanut naiselle pakenevansa jotain, vaikka ei itsekään tiennyt mitä. Nolotti se, että oli ventovieraalle ihmiselle selittänyt asioitaan, joita ei ollut kenellekään koskaan kertonut. Varovainen ja varovainen, hän oli paasannut, aivan kuin itse olisi joku mestari. Varovainen ja huolellinen, niin hän oli aina ajatellut, mutta miksi se nyt kun sen oli ääneen sanonut, kuulosti niin typerältä.

Sen täytyi johtua siitä viinistä, minkä oli juonut. Hän oli tullut humalaan yhdestä viinipullosta ja paljastanut miltei kaiken. Varovainen ja varovainen, hän oli toistanut moneen kertaan. Nyt nainen takuulla tiesi tai ainakin arvasi, että hän oli tehnyt enemmän murtovarkauksia, kuin yhden tai kaksi.

Vai oliko nainen tahallaan yllyttänyt hänet puhumaan?

Kaiken lisäksi nainen taisi olla ihan oikeassa. Hän oli tehnyt jonkun virheen, vaikka ei tiennyt minkä. Varovainen ja varovainen hän oli sanonut, mutta nyt häntä epäilytti. Oliko hän sittenkään viimeistä keikkaa suunnitellut niin huolellisesti kuin edellisiä? Olisiko hän jotain voinut tehdä paremmin? Vai oliko hän virheen tehnyt siinä, että oli liikaa luottanut Maurilaan? Olisiko pitänyt ottaa itse selville, kenen huvilaan murtautuu. Ehkä hän oli liikaa haaveillut siitä, että pääsisi lopultakin jonkun jättiapajan äärelle, oli siksi ollut varomaton.

Hän oli kertonut naiselle myös isästään. Mutta hänen varovaisuus ei ollut ainakaan isältä perittyä. Hänen isä oli elänyt raataen ja juopotellen ja oli kuollut haavoihinsa puukkotappelun seurauksena. Kaiken lisäksi isä oli ollut rehellinen, aivan liiankin rehellinen. Rehellisyys maan perii, oli isä juovuksissa hokenut, kun taas hän hoki varovainen ja varovainen. Isää jopa oli kehuttu siitä että oli rehellinen, mutta niin oli kuollut rutiköyhänä ja hyljeksittynä rähjäiseen mökkiin. Ei hän sellaista kohtaloa halunnut itselleen.

Hän oli lapsena ja nuorena monesti ajatellut niin, että isä ei ollut edes varas. Isä oli vain alistunut kurjaan kohtaloonsa kuin teuraaksi vietävä lammas. Hän olisi ollut paljon ylpeämpi isästään, jos tämä olisi yrittänyt jotakin vaan, vaikka rikollistakin.

Mutta toisaalta, ei isä myöskään ollut koskaan kurittanut häntä. Selkään hän muisti saaneensa vain yhden kerran, silloinkin vain muutaman kerran avokämmenellä pakaroihin.

Seuraavaksi tuli mieleen, että hänen pitäisi lähteä museolta ja piiloutua metsään. Mutta jos hän pakenisi, niin nainen voisi ilmoittaa poliisille hänestä. Hänen etumatka takaa-ajajiin lyhenisi, ainakin jos takaa-ajajilla tarkoitti poliisia. Toisaalta hän oli naiselle puolittain luvannut, että olisi paikalla vielä seuraavana päivänä kun nainen museolle ilmestyisi.

Nainen oli nimeltään Sinikka Kaasala. Senkin hän tiesi, että nainen oli kunnalla töissä, kävi vain silloin tällöin museolla oppaana. Hyvin vähän nainen oli itsestään kertonut, oli sen sijaan kiskonut hänestä kaikki tiedot irti ja oli vieläpä näyttänyt tyytyväiseltä kuunnellessaan hänen paasaamista.

Hän oli paljastanut naiselle miltei kaiken minkä tiesi, ja selittäessään tajunnut ettei itsekään tiennyt paljoa mitään, ei mitään tärkeää, eikä varsinkaan sitä, kuka häntä ajoi takaa.

Hän oli ollut juovuksissa, oli innostunut kerskailemaan, mutta oliko hän myös tyhmä?

Mutta ainakin se siis oli totta, että Jaakko Maurila oli tapettu omaan asuntoon, kylpyhuoneeseen. Nainen oli sen lukenut lehdestä, mutta lehden mukaan Maurilan tappo oli osa jotain huumesotaa, ei ehkä liittynyt mitenkään huvilamurtoon. Itse hän oli välillä uskonut, että näky kuolleesta Maurilasta voisi olla unta, painajaista.

Vielä hän ajatteli sitä, että oli kai yöllä ollut aivan tolaltaan, muustakin syystä kuin juomastaan viinistä. Kaunis nainen ilmestyi hänen elämäänsä juuri kun hän on kurjimmillaan pakomatkalla moisessa Jumalan hylkäämässä loukossa. Tuskin hän olisi hämmästynyt sen enempää, vaikka itse Jumala olisi ilmestynyt ullakolle.

Kaunis ja kaunis. Oliko ullakolla käynyt nainen kaunis? Ei hän saanut naisen piirteitä mieleensä. Ehkä se johtui viinistä, ehkä järkytyksestä. Ehkä hän ei ollut naista sen paremmin edes katsonut.

Minkä näköinen hän mahtoi olla itse? Ainakin parransänki oli jo monen päivän ikäinen ja kasvoi lisää. Partahöylän osto oli unohtunut. Kampaa ei ullakolta löytynyt. Saippuaa hänellä oli, mutta peseytyminen oli jäänyt yhteen kertaa järvessä. Pitäisikö uskaltautua alakertaan, jos sieltä löytäisi peilin, näkisi minkä näköinen oli, minkälaisena muut hänet näkivät, minkälaisena ullakolla käynyt Sinikka Kaasala hänet näki.

Se tai jokin sai hänet miettimään vaimoaan. Sanna oli sairaalassa, tai ainakin oli ollut. Kovin vakavia vammoja vaimo ei kai ollut saanut. Mutta vammoistaan vaimo syyttäisi häntä, sen hän tiesi. Niin oli käynyt aina ennenkin.

Sanna oli melonin muotoinen ihminen, toisin ajoin kiukkuinen kuin mikä, katkera miltei aina. Itse hän oli aina uskonut, että Sannan katkeruus johtui jostain mikä oli tapahtunut jo ennen kuin hän Sannaan paremmin tutustui, ehkä niistä syistä jotka aiheuttivat sen, ettei Sanna voinut saada lapsia. Ehkä hänen olisi heti aluksia pitänyt selvittää syy Sannan katkeruuteen. Ehkä hänen olisi pitänyt tehdä paljon muutakin, eikä vain miettiä miten tylsää elämä oli. Ehkä hänen olisi pitänyt näitä kaikkia seikkoja miettiä paljon aikaisemmin, ei enää nyt.

Hän tiesi, oli tiennyt jo kauan, että vaimo tapaili muuatta Jääskeläistä, postinjakajaa. Oli asian tiimoilta käyty pieniä riitojakin, mutta paha oli riidellä kun vaimo kohteli häntä kuin ilmaa. Joskus hän oli vihannut miestä, mutta enää hän ei tuntenut mitään. Juuri nyt oli jopa mukava ajatella, että Sannaa kävisi sairaalassa tapaamassa joku, joka Sannasta välitti. Itse hän ei välittänyt, se hänen oli tunnustettava. Eikä hän olisi enää jaksanut teeskennellä välittävänsä, ei ollut jaksanut enää aikoihin. Oli sitä paitsi mukavampi piileskellä, kun pystyi unohtamaan edellisen elämän velvollisuudet. Avioliittokin oli väljähtynyt jo paljon ennen Jääskeläistä.

Olisiko hänen ja Sannan avioliitosta muodostunut toisenlainen, jos hän olisi valinnut itselleen jonkun päivätyön. Nyt tuntui että oli vieraantunut vaimosta, ehkä juuri siksi kun eivät juuri koskaan kohdanneet. Hän oli ollut töissä yöt ja nukkunut päivät, vaimo oli ollut töissä päivät ja nukkunut yöt. Yhteistä aikaa ei paljoa ollut. Aina milloin he toisensa olivat kohdanneet, oli toinen juuri herännyt ja siksi pirteä, toinen oli vastikään tullut töistä rättiväsyneenä. Tosin myöhemmin Sanna oli vaihtanut työtä ruokabaarista tanssiravintolaan ja tuli monesti vasta aamuyöllä kotiin, vain pari tuntia ennen häntä. Mutta silloin heidän avioliittokin oli jo näivettynyt ja Jääskeläinen astunut kuvioihin.

Ei hänellä vaimon kanssa ollut mitään yhteistä. Ei hän voinut vaimoa mukaan pyytää murtokeikoille, eikä hän toisaalta itse halunnut vaimon harrastuksiin mukaan. Ei hän voinut edes kertoa vaimolle keikoistaan, kun pelkäsi että tämä lörpötteli kaiken ystävilleen.

Joskus aivan avioliiton alkuaikoina hän oli jopa suunnitellut työn vaihtamista päivätyöhön. Mutta tuo haave oli ollut laimea. Toisin ajoin hän näki itsensä kulkemassa kodin ja työpaikan väliä, aamulla seitsemältä ja illalla viideltä, aina eläkeikään asti kuten kunnon työmuurahaisen kuuluikin. Mutta jo toisena hetkenä tuntui, ettei sellainen elämä ollut häntä varten.

Häntä ei kaivattu kotona mutta entä työpaikalla. Ehkä työnjohtaja Kuraniemi häntä hetken kiroaisi, muut tuskin piittaisivat hänen poissaolosta. Joku ehkä joutuisi tekemään ylitöitä muutamana päivänä tai yönä, mutta ehkä hänen tilalle oli jo palkattu uusi mies. Hän ei töissä ollut ystävystynet kenenkään kanssa, osin kai siksi kun tunsi olevansa eri puolella lakia kuin muut. Asentaja Kepinen taisi olla ainoa, kenen kanssa oli rupatellut vähän pidempään.

Yövartijaksi hän oli ryhtynyt sattumalta, kun Vahti oy oli hakenut tilapäistä työvoimaa ja kun muita hakijoita ei ollut, olivat palkanneet hänet. Hän oli ollut huolellinen, yhtä huolellinen kuin mitä oli myöhemmin murtoja tehdessään ja tilapäinen työ oli muuttunut vakinaiseksi. Ei se mitään hohdokasta työtä ollut ja hän tiesi, että oli työpaikalla jämähtänyt sen alimmalle askelmalle. Työ yövartijana oli kuitenkin sitä, mistä hän piti, että sai kierrellä hämärissä yksinään kohteesta toiseen.

Hän oli halunnut kulkea omaa polkua ja oli saanut sitä kulkea. Se ei ollut leveä polku, mutta ei kovin kivinenkään, ei sen parempi tai huonompi polku kuin muilla. Se polku oli nyt sitten johtanut hänet museolle piileskelemään. Takaa-ajajistaan hän ei tiennyt mitään muuta kuin sen, että nämä voisivat hänet vaikka tappaa.

Hän oli ollut varovainen ja huolellinen ja hän oli pärjännyt. Tähän asti.

Kuten Sinikka oli sanonut, hän taisi olla pulassa. Hän nökötti kuin hiiri kolossaan, odotti vain että saalistaja väsyisi ja kyllästyisi ja katoaisi muualle. Sinä aikana minkä oli museolla nököttänyt, ei ollut tapahtunut mitään hälyttävää. Se tuntui siksi turvalliselta paikalta, kuin hiiren pesältä. Osin turvallisuuden tunne saattoi johtua siitäkin, kun ei hän tiennyt mitä maailmalla tapahtui.

Hän mietti, että oliko kissa jo kyllästynyt häntä jahtaamaan, vai odottiko vain jossain lähellä loikatakseen hänen kimppuun kun hän kuononsa ulos työntäisi.

Samassa tuli mieleen muuan näkemänsä luonto-ohjelma. Siinäkin oli ollut joku hiiri pesässään, mutta saalistaja oli ollut käärme ja se oli madellut hiiren pesään ja nielaissut hiiren kun hiiri ei päässyt enää minnekään pakoon.

Hän päätti kohdaltaan korjata asian, etsiä itselleen varauloskäytävän jos saalistaja hänen perässä museolle ja ullakolle yrittäisi.

17.

Taneli katseli uteliaana museota. Vanhoja tönöjä: Siinä oli navetta ja viljamakasiini ja hieman kauempana Eliasvillaksi nimetty rakennus. Mäen päällä sijaitsi riihi ja vähän kauempana puimala. Parkkipaikka sijaitsi navetan takana. Nuo tiedot saattoi lukea turisteja varten tehdystä taulusta tien reunalta. Päärakennus sijaitsi tien toisella puolella. Se näytti navetan takaa katsottuna laholta, kurjalta tönöltä. Mutta niin paikka oli aivan kuin muisto hänen lapsuudesta. Museo ei ollut mikään kartano, vaan aivan tavallisen ihmisen tyyssija. Rakennukset olivat arkisia, tehty sitä varten että niitä käytettäisiin. Edes päärakennuksessa ei tieltä katsottuna näkynyt mitään koristeellista, vain kellertävää seinää ikkunaluukkuineen, musta peltikatto joka harjalta hieman lainehti.

Sinikka oli kertonut jonkun murtautuneen päärakennukseen. Hän ei siksi muihin rakennuksiin kiinnittänyt paljoa huomiota. Päärakennus sijaitsi aivan maantien reunalla, mutta niin että takaseinä osoitti tielle päin. Alakerran ikkunat oli suojattu luukuilla ja luukkuihin oli maalattu vaalealla värillä pokien kohdat, niin että kauempaa näytti kuin luukkuja ei olisi ollutkaan. Ullakkokerroksessa ei takaseinällä ikkunoita ollut, päädyissä näkyi olevan.

Hän jäi seisomaan polulle navetan viereen niin, että näki päärakennuksesta vain takaseinän. Hän mietti, että miksi murtautuja oli valinnut päärakennuksen piilopaikakseen. Olisi luullut että riihessä tai aitassa, tai vaikka navetassa olisi ollut paremmin ihmisten katseilta suojassa. Olihan ihan selvää, että paikalle vaeltavat turistit tunkivat sisälle juuri päärakennukseen. Minne murtautuja piiloutui siksi ajaksi? Hälytysjärjestelmäkin oli takuulla juuri päärakennuksessa. Miten museoon murtautuja sen oli onnistunut ohittamaan?

Mutta ehkä murtautuja vain halusi isännän sänkyyn makailemaan.

Hän kulki pätkän maantietä, kiersi metsän kautta päärakennuksen toiselle puolelle, lähestyi tilaa pellonreunaa kulkien. Hän näki nyt päärakennuksen edestäpäin, joskin kaukaa. Kuistin ikkunoissa ei luukkuja etuseinällä ollut. Murtautuja voisi hänet sieltä nähdä monestakin eri ikkunasta. Myös ullakkokerroksen päätyikkunasta hänet voisi nähdä. Renkitupa sijaitsi aivan lähellä päärakennusta, se näytti uudelta. Hieman kauempana sijaitsi varustevarasto ja sen yläpuolella kellari. Päärakennuksen toisella puolella oli luhtiaitta.

Päärakennuksen alapuolella oli kasvimaita nurmikentällä. Oli myös perunamaa ja ympärillä luonnonniittyä. Niityn ja varustevaraston välissä kulki traktoritie pellolta metsäkaistaleen läpi ylös maantielle. Hän kulki traktoritietä ylöspäin, poikkesi sitten katsomaan varustevarastoa lähemmin. Varustevaraston alla näkyi vanhoja peltotyökaluja.

Hän jäi varustevaraston nurkalle kurkkimaan päärakennusta, mietti miten pääsisi huomaamatta sisälle. Päärakennuksen ulko-ovi johti kai kuistille ja hänet voisi nähdä mistä tahansa kuistin ikkunasta. Takaovea hän ei ollut havainnut. Se voisi sijaita rakennuksen aitan puoleisessa päädyssä, mutta sinne päästäkseen hänen pitäisi joko ylittää kasvimaa tai tehdä pitkä kierros ryteikön taitse. Hän ajatteli juuri, että hän voisi kulkea kasvimaalle kuin olisi yrttejä tutkimassa, mutta samassa Sinikka ilmestyi museolle. Sinikka työnsi polkupyörän pihalle, jätti sen nojaamaan suurta kuusta vasten, asteli itse suoraan päärakennukseen.

Taneli jäi odottamaan varustevaraston kulmalle, paikalle mistä näki päärakennuksen. Ei hän ollut ollenkaan varma siitä, että museolle murtautuja oli sama Elias Turanen, joka oli vaihtanut rekisterikilvet hänen autosta omaansa. Se oli vain juolahtanut hänen mieleen. Ei hän tiennyt sitäkään, mitä tekisi jos murtautuja olisi Elias Turanen. Syyttäisikö miestä rekisterikilpien vaihtamisesta, vai mistä. Ei hän ehkä voisi syyttää miestä mistään. Mutta utelias hän oli, niin utelias ettei malttanut poissa pysyä.

Sinikka tuntui viipyvän museolla kauan. Hän siirtyi metsään, haki kauempaa paikan mistä museolle näki. Museolle hän ei halunnut niin kauan kuin Sinikka paikalla oli. Siskontyttö voisi luulla, että hän vahtii tämän lemmensuhteita. Siitä tuo nainen takuulla kimpaantuisi.

Kovin kauan Sinikka tuntui museolla viipyvän.

Renkituvasta ilmestyi pihalle mies ja ryhtyi aukomaan päärakennuksen ikkunaluukkuja. Linja-auto seisahtui maantielle, laski matkustajia kyydistä. Huomasi heti että olivat turisteja. Sinikka astui ulos päärakennuksesta, talutti polkupyörän talon toiselle puolelle, katosi hetkeksi näkyvistä ja kun hän Sinikan taas näki, tämä nousikin maantiellä pyörän päälle ja ajoi pois. Hän vähän hämmästyi. Sinikka oli usein oppaana museolla, mutta nyt lähti pois turistien tullessa. Miksi oli museolle tullutkaan?

Linja-auton mukana tuli myös opas, joka kaitsi koko turistilauman päärakennuksen eteen. Turistit olivat kaikki eläkeikäisiä akkoja ja ukkoja. Heistä osa kulki kasvimaalle yrttejä tutkimaan. Taneli asteli lähemmäksi. Hän kulki kasvimaalla kumaraisena kuin olisi yrteistä kiinnostunut, yritti näyttää vanhemmalta kuin mitä olikaan. Kukaan ei tuntunut kiinnittävän häneen mitään huomiota. Osa turisteista astui sisälle päärakennukseen oppaan perässä. Taneli kiirehti heidän perässä sisälle. Hän jäi ulko-oven viereen katsomaan museota. Siinä oli tilava kuisti, kuistin yksi seinä oli peitetty valokuvilla ja esitteillä. Oli myös pöytä ja siinä vieraskirja. Taneli arveli, ettei hänen etsimänsä mies ollut siihen nimeään kirjoittanut. Pariovet olivat auki ja siitä pääsi pieneen käytävään ja käytävältä toisista pariovista suoraan saliin. Vasemmalla oli keittiön ovi avoinna.

Toisella puolella oli lukittu ovi.

Hän astui takaisin kuistille. Tuntui selvältä, ettei Elias Turanen olisi piilossa siellä missä turistit viihtyivät. Oliko rakennuksessa jokin osa mihin turisteilla ei pääsyä ollut? Löytyisikö lattian alta kellari, tai ullakko joka oli eristetty turisteilta. Minne hän itse piiloutuisi, hän kysyi itseltään. Kuistilla oli suljettu ovi. Hän kokeili sitä ja se avautui. Näky näytti lupaavalta: Oli pieni huone ja siellä kaksi ovea sekä raput ullakolle ja siinä kolmas ovi. Oli myös rojua, tavaroita joita ei turistien silmille tarkoitettu. Hän astui sisälle pieneen huoneeseen, sulki oven perässään. Hän kokeili ensimmäistä ovea. Se oli lukossa. Hän arveli sen johtavan keittiöön. Toinen ovi johti ulos. Se oli kai ulkopuolelta villiviinien peitossa, niin ettei hän sitä ollut havainnut. Hän astui ullakolle johtaville rapuille. Vaikka astui askelmia miten varovasti, portaat narisivat pahasti. Siinä oli vielä yksi ovi. Se ei ollut haassa ja aukeni naristen. Ullakolla oli hämärää. Se näytti hyvältä paikalta piileskellä. Hän asteli raput ylös.

18.

Elias katsoi miestä. Mitä tuo mies museolta etsi, miksi hiiviskeli kuin varas. Oli vaikea uskoa että mies kuuluisi porukkaan mikä hänen kintereillään oli ollut, porukkaan joka oli tappanut Maurilan. Se vähä mitä oli takaa-ajajiaan mummon mökillä ja Sammaleisen varastolla nähnyt, pani epäilemään että olivat kotoisin toiselta planeetalta kuin tuo ullakolle kivunnut ukko.

Mies alkoi vähitellen heräillä. Hän oli miestä lyönyt päähän tyhjällä viinipullolla, jonka yli työntänyt vanhaan villasukkaan. Pahalta se oli tuntunut silti, vaikka sukka ehkä hieman vaimensi kolhua. Ei hän koskaan ennen ollut ketään lyönyt, oli lapsenakin onnistunut välttämään tappeluita.

Pullo oli hajonnut sirpaleiksi sukan sisään.

Miksi tuo pulska ukko oli hiipinyt museon metsissä? Hän oli nähnyt miehen jo paljon aikaisemmin. Hän oli sattumalta silloin ollut ullakon takaseinällä, yrittänyt jonkun eläimen nakertamasta reiästä katsoa ohiajavia autoja. Ohi oli ajanut myös Volvo, tutunnäköinen Volvo. Vielä sitäkin tutummalta oli näyttänyt Volvon rekisterikilpi. Volvo oli kääntynyt museon parkkipaikalle. Hetken kuluttua mies oli ilmestynyt esille navetan takaa, oli katsellut päärakennusta maantieltä käsin. Mies oli jatkanut matkaa kävellen. Mutta vaikka mies oli mennyt, hänelle jäi tunne, kuin että häntä tarkkailtiin. Sama tunne hänellä oli ollut Sammaleisen varastolla. Hän oli välillä uskonut, että se oli vain luulotautia. Kun asiat olivat menneet pieleen, oli kaiken aikaa tuntunut oudolta. Mutta ehkä se olikin vaisto.

Hetken päästä mies oli ilmestynyt varustevaraston kulmalle.

Sinikan tultua hän oli unohtanut ukon täysin. Sinikka oli tuonut hänelle vähän muonaa ja palapelin ajanvietteeksi. Hänen syödessä Sinikka oli kertonut, että museolle oli tulossa iso ryhmä turisteja, tulisivat kierroksellaan myös päärakennusta ihailemaan. Turistilaumalla olisi oma opas mukana ja Eliaksen olisi syytä olla sitäkin varovaisempi sen aikaa minkä turistit alakerrassa viettivät.

Sinikka oli myös lukenut päivän lehdet ja katsellut televisiosta uutiset, kertoi mitä niistä oli selville saanut. Kovin paljoa noita uutisia ei ollut ja niistä vähistä kävi selville:

– Poliisi piti Maurilan kuolemaa rikollisjoukkioiden välienselvittelynä, sanoi Sinikka. – Se ei ehkä sinuun liity mitenkään. Siinä samassa jutussa kerrottiin, että myös joku Sammaleinen on tapettu.

– Onko Sammaleinenkin kuollut, ihmetteli Elias.

– Kuollut on, väitti Sinikka. – Tapettu on, kuten oli tapettu se joku Maurilakin. Ja niin minä ymmärsin, että tätä Sammaleista oli kidutettu, ainakin mukiloitu pahasti. En sitten tiedä mitä on lehtimies pistänyt omiaan. Minä tiedän kyllä, että ne senkin taidon osaa.

– Siitä tiimistä minä sitten olen ainoa, totesi Elias.

– Oliko se Sammaleinenkin sinun tuttuja, kysyi Sinikka.

– Ei kovin hyvä tuttu, mutta tuttu kuitenkin. En minä ole kun kerran tavannut sen. Se ei paljoa itseään mainostanut. Sen Sammaleisen varastolle minä vein tavarat mitä olin murtokeikoilta vienyt.

– Ja nyt Sammaleinenkin on tapettu, totesi Sinikka.

Eliaksen aivot löivät tyhjää, mutta sitä ne toki olivat tehneet jo monta päivää. Sekä Maurila että Sammaleinen oli tapettu. Heistä kolmesta jäljellä oli vain hän. Ne miehet jotka hänen kintereillä olivat, he kai aikoivat tappaa hänetkin noin vain, aivan kuten olivat tappaneet Maurilan ja Sammaleisen. Eikä hän osannut muuta tehdä, kuin lymyillä kolossa kuin hiiri.

– Täytyy siinä olla takana jotain isompaa, kuin huvilamurto, sanoi Sinikka. – Ei kai kukaan tapa ihmisiä sen takia, että huvilaan on murtauduttu. Ei edes rosvoja tapeta niin pienen asian takia.

– Eikö niissä lehdissä sitten mitään muuta ollut, Elias kysyi. – Jotain paljon suurempaa jostain paljon suuremmasta.

– En minä ainakaan nähnyt. Mutta toin minä iltalehden. Voit tavailla sitä yksiksesi. Eikö radiossa ole kerrottu mitään?

– Unohdin ostaa siihen patterit.

– Mä voin tuoda seuraavalla kerralla.

– Nehän on kuin jotain Mafian tappajia, Elias sanoi Iltalehden sivuja selatessaan. – Ei kai tavalliset rosvot tapa ja kiduta ihmisiä ihan noin vain.

– Se nyt vaan on Iltalehti. Minä itsekin joskus kirjoittelin samanlaisia juttuja.

– No miksi sen lopetit?

– Olin osasyyllinen siihen, että yksi mies ammuttiin hengiltä. Enkä edes pahasti katunut sitä, enkä kadu vieläkään.

Sinikka vilkaisi kännykästä kelloa, otti hyvän asennon tuolilla.

– Tää onkin kai aika pitkä juttu. Minähän kävin joskus poliisikoulun. Mutta se itse poliisina olo, se oli kyllä minulle pettymys. En koskaan ylennyt etsiväksi, en päässyt tutkimaan oikeita rikoksia. Olin vain konstaapeli ja kaiken lisäksi nainen ja jouduin laukkaamaan ihan pienissä tehtävissä. Rupesin aikani kuluksi kirjoittamaan pieniä juttuja "Kohu" lehteen, aluksi aivan pieniä juttuja ja nimimerkin takana. Lehti maksoi niistä, aluksi vähän ja myöhemmin vähän enemmän. Rikostarinoilla, varsinkin kun olivat osin totta, tuntui olevan vetoa lukijoihin. Yks kaks huomasin että lehdeltä saamani palkkiot olivat isompia kuin poliisin palkka ja kun samoihin aikoihin päälliköt tajusivat minun kirjoittavan lehteen, eivätkä siitä pitäneet, vaihdoin sitten ammattia. En sitten poliisina ollut kuin muutaman kuukauden. Niitä juttuja kyllä kirjoittelin jo poliisikoulussa ollessa.

Toimittajana olikin jo paljon jännempää. Pääsin jo välillä ihan oikeiden rikosten ja rikollisten kannoille. Siihen aikaan melkein elin kaduilla ja kapakoissa, seurasin rikollisia ja pengoin niiden taustoja. Silloin jopa uskoin, että minulla oli vaisto haistaa rikolliset muiden joukosta. Luulin ja uskoin että pääsisin vähitellen aina vain isompien rikollisten kannoille. Ja pääsinkin, eipä silti. Luulen että se olisi sujunut hyvin, ellei se yksi pikkurikollinen olisi kuollut.

Niin se vaan tapahtui. En mitään pahaa tehnyt, kuin sen että olin mukana kun tapettiin yksi mies. Luulin että olin jonkun suuren jutun jäljillä, niin kuin kai olinkin. Luulin silloin että ne olivat jotain salakuljettajia ja asekauppiaita, joku liiga kuitenkin. Minä ihan sattumalta kuulin niistä yhdessä pubissa. Se yksi Arska niistä kertoi. Se on kaukaista sukua.

Se yks niistä... niistä rosvoista, se asui siinä aika lähellä missä minä silloin ja aloin sitä joutoaikoina vakoilemaan. Monena päivänä kiikaroin sitä ikkunasta ja kuljin välillä sen kannoilla, nappasin siitä valokuvia ja mietin, että minkälaisen jutun siitä tekisin. Se vietti paljon aikaa baareissa, kapakoissa, kadulla ja puistossa, kävi vähän väliä kotonaan lähteäkseen taas. Kovin kauaa se ei kotona viihtynyt, söi ja nukkui, lähti taas. Pian osasin miehen reitin ulkoa, paitsi että kellonaikoja se mies ei noudattanut.

Uskoin ja luulin silloin, että olisin jonkun ison jutun jäljillä. En oikein tiedä mistä sen luulon sain. Yhtenä iltana pubissa se yks Reiska tai Arska tai mikä sen nimi olikaan, kertoi että olisi jotain isoa tekeillä. Vakoilin sitten sitä samaa nuorukaista myös yöllä ja yöllä sen pihalle pysähtyi auto. Kello oli silloin 3.05. Autosta nousi kaksi miestä ja toinen niistä koputti sen nuorukaisen ovelle. Minä otin vain pokkarikameran mukaan ja lähdin kiireesti paikalle. Kun pääsin perille, kaksi miestä seisoi auton vieressä, toinen oli se jota olin vakoillut. Ne nostivat jotain laatikoita autosta ulos. Minä luulin että niissä laatikoissa olisi laittomia aseita tai jotain salakuljetettua tavaraa. Hiivin vielä vähän lähemmäksi että saisin kunnon kuvan, mutta silloin se toinen tulijoista, se jonka olin jo ehtinyt unohtaa, ilmestyi pihatielle vain viiden metrin päähän minusta. Aika nuori mies se oli, sen ehdin nähdä. Se hätkähti kun näki minut, työnsi käden kiireesti taskuun. Taneli oli seurannut minua ja sillä oli ase mukana ja se osasi ampua aika nopeasti ja tarkasti.

Kuolleen miehen kädestä oli kuulemma löytynyt vain tupakka-aski.

Pian paikalle tuli poliisi, kumman äkkiä itse asiassa. Se oli kiukkuinen poliisi, aikoi pidättää minut. Kun sain kerrottua, kuka olen, se kiukustui entisestään. Se kertoi kirosanojen lomissa, että oli huumepoliisista ja että olivat vakoilleet paikkaa päiväkausia ja että minä olin pelottanut suuremmat kalat pois. Muut talossa olijat olivat paenneet takaoven kautta ties minne. Huumepoliisille jäi vain minä ja Taneli ja Tanelin ampuma ruumis. Sitten tuli lisää poliiseja ja ne tosiaan pidättivät minut ja Tanelin.

Kun ampuu miehen, joutuu yleensä vankilaan. Niin Tanelillekin sitten kävi ja niin oli vähällä käydä minullekin.

– En minä sitä silti ole katunut. Mies jonka Taneli ampui, oli huumeiden kanssa tekemisissä. Nehän kaupittelivat heroiinia ja amfetamiinia. En sitten tiedä mistä sitä itse saivat. Eikä tiennyt poliisikaan. Ne kun pääjehut pääsivät minun ansiosta pakoon. Siinä talossa niillä tosin oli vain kannabisviljelmiä, pieniä kasvihuoneita ja laboratorio. Ja niissä laatikoissa oli lisää siemeniä tai taimia ja jotain juttuja millä kannabista voi jalostaa. Mutta sitä olen katunut, että Taneli joutui vankilaan. Tuomari ja jopa poliisit moittivat sitä, että olisi muka yhtä hyvin voinut ampua aivan viattoman ihmisen. Että oli hänen onni, että hänen ampumansa mies saatiin ylipäätään yhdistettyä huumekauppaan. Se kuollut, se kai oli joku vaan ihan pikkutekijä. Kun on paitsi entinen poliisi, niin myös ampumaseurassa, ei tuomari tainnut uskoa että Taneli vahingossa oli osunut miestä ihan keskelle otsaa. Tanelihan oli joskus nuorena ollut poliisikin, saanut kuulemma loparit ihan juopottelun takia jo paljon aikaisemmin. Mutta sen kokemuksen jälkeen sen elämä ei palannut ihan ennalleen. Sinä aikana kun virui vankilassa, vaimo kai löysi toisen, muutti jopa toiseen maahan. Taneli rupesi juopottelemaan, mutta sitähän se oli kyllä tehnyt ennenkin.

Minä olin kai niin innoissani ollut, etten ollut yhtään huomannut että Taneli oli seuraillut monta päivää. Se yksi Arska tai Reiska oli sille kertonut saman minkä minulle. Olisi se kyllä pitänyt arvata. Se on aina vahtinut minun menoja, Taneli. Se kai huolestuu aina jos menen maitokauppaa kauemmaksi asioille. Minusta piti tulla kuuluisa rikostoimittaja, mutta lopetin sitten nekin työt ja palasin kunnalle töihin. Ahneella kai on paskanen loppu. Kun vaihdoin ammattia tienatakseni paremmin, menivät molemmat hommat.

Elias oli kuunnellut vaieten. Juttu jollain tapaa jopa vähän huvitti häntä. Hän ajatteli, että jos häntä ajoivatkin takaa poliisit, niin nyt häntä auttoi piileskelemään entinen poliisi. Voisiko hän paremmassa turvassa ollakaan? Samassa hän toki muisti, että häntä kai ajoivat takaa muutkin kuin virkavalta.

Tuli mieleen vielä sekin, että mitä kaikkea hän itse voisi tehdä ja kokeilla, jos pääsisi takaa-ajajistaan. Jos nyt ei ihan poliisikouluun menisikään, niin jotain voisi vielä yrittää.

– Minun kannattaa kai vaan piileskellä täällä, hän huokasi. – Kun vaan saisi tietää kuka kannoilla oikein on? Jaakko tai Sammaleinen olisi voinut tietää.

– Etsi asiasta jotain hyviä puolia, neuvoi Sinikka.

– Mitähän ne voisivat olla?

– Sinä olet selviytynyt hengissä, toisin kuin ne kaverisi.

– No hengissä olen selvinnyt, tähän asti. Jatko ei näytä kovin varmalta.

– Eikö sinulla ole ketään muuta tuttua, keltä kysellä.

– Kun siinä se oli meidän koko tiimi. Ei meitä muita ollut. Jaakko oli se, jonka kanssa ensimmäiset keikat tein. Sitten myöhemmin tein yksin, Jaakko oli vähän kuin tiedustelija. Silloin kun itse vielä olin suht rehellinen, tapasin minä niitä muitakin ihmisiä, rikollisia, niitä Jaakon tuttavia. Ne sen tutut, ne oli järjestäen ammattirikollisia, kuka murtojen saralla, kuka huijarina, kuka vain pukarina tai autokuskina. Reima Viistonen oli lukkoekspertti, oli siviilissä ollut lukkoseppänä, tietysti. Valto Ruomulainen oli autokuski, oli kai joskus oikein ralliakin ajanut. Vekkerman oli huijari, myi mitä tahansa kenelle tahansa jne. Ja miten taitavia he kaikki olivatkaan, varsinkin kun niitä kuunteli silloin milloin olivat pienessä kännissä. He olivat ylpeitä ammateistaan ja siitä miten hyvin ammattinsa taisivat. Ja ihan oikeasti ne olivat taitavia. Viistonen oli tavallisen Abloy lukon avannut hiuspinnillä parissa sekunnissa, ihan vain näyttääkseen muille että osasi. Ruomulaisen kyydissä olin yhden kerran, kun se vanhalla Kuplalla ajeli pikkutietä kisavauhtia. Tuon pikataipaleen jälkeen löysin itseni auton lattialta, vaikka olin lähtiessä laittanut turvavyön tiukasti kiinni. Ja se Vekkerman, milloin joku vieraampi sattui porukkaan, Vekkerman teki kauppoja, joissa aika usein onnistui. Mutta ne kaikki päätyivät vankilaan, ovat kai siellä vieläkin, paitsi Maurila joka on nyt kuollut.

– Ja Sammaleinen, totesi Sinikka.

– Sammaleiseen tutustuin vasta myöhemmin, mutta se olikin vaan semmoinen välikäsi tai luukuttaja. Jaakko sen paremmin tunsi.

Sinikka kuuli äänestä kun turistilauma lähestyi päärakennusta.

– Minun on mentävä töihin. Mutta minä yritän selvittää, mitä kummaa on tekeillä. Kysyn vaikka Tanelilta neuvoa.

– Keneltä? Elias huolestui.

– Minun enolta. Sekin on joskus nuorena ollut poliisi, niin kuin kerroin.

– Älä nyt helvetissä kaikille kerro missä minä olen.

– En kerro. Ole huoleti. Mutta nyt on mentävä, ettei opas näe että olen täällä.

Sinikan poistuttua hän oli Ilta-lehti mukana kulkenut ikkunan luo, aikomuksena lukea lehteä päivänvalossa. Jokin häntä häiritsi, jokin mitä Sinikka oli sanonut. ”Voit tavailla lehteä yksiksesi”, niin Sinikka oli sanonut. Luuliko tuo nainen ettei hän osaa edes kunnolla lukea? Kaiken lisäksi hän oli taas kertonut naiselle jotain elämästään, eikä se nyt voinut viinistä johtua. Varovainen ja huolellinen, sitä hän ei enää ollut. Hänen ote kai alkoi lipsua. Varovainen ja varovainen, niin se oli aina toiminut, mutta miksei hän enää ollut varovainen. Oliko nainen paljon fiksumpi kuin hän oli uskonut, teki ikään kuin vaihtokauppaa, kertoi jotain itsestään ja hän vuorostaan kertoi naiselle jotain.

Voisi hän joutessaan sitäkin leikkiä leikkiä, olihan hänellä aikaa. Pitäisi vain muistaa olla varovainen, eikä kertoa mitään tärkeää mikä poliiseja kiinnostaisi.

Hän oli viskannut lehden syrjään, katsonut ikkunasta ulos. Silloin samainen ukko jonka hän jo oli nähnyt, oli kulkenut kasvitarhaan. Hän oli arvellut että mies olisi joku kasvitieteilijä, kun viihtyi ryteikköisessä metsässä kasvitarhan alapuolella. Saattoihan tosin olla, että mies oli tullut kasvivarkaisiin kasvimaalle. Sellaistakin kai tapahtui. Turistien tultua päärakennuksen eteen, mies oli miltei oikopäätä astellut paikalle, onnistunut turistien mukana pääsemään sisälle. Kohta hän oli kuullut jonkun hiipivän rappuja ylös.

Hän oli ollut valmiina.

Mies tuli viimein tajuihinsa, pyysi vettä.

Hän mietti hetken haaskaisiko vähiä vesiä mieheen.

Tosin voisi hän yöllä hiipiä kaivolle noutamaan vettä lisää, mutta siinä oli oma vaaransa. Tieto Sammaleisen taposta oli pelästyttänyt hänet niin, että mieluummin hän pysyisi piilossa niin yöllä kuin päivälläkin. Ullakolla hänellä oli litran pullossa lähdevettä, mutta sekin oli vajennut jo puoleen.

Hänen puolestaan mies saisi vaikka kuolla janoon. Mies oli tullut häntä etsimään, kuka ties vaikka aikoisi tappaa hänet. Vaikka mies ei vaikuttanut ollenkaan samalta kuin Sammaleisen luona näkemänsä miehet, saattoi tämä silti kuulua samaan ryhmään. Ehkä mies oli palkattu vain varmistamaan muille sen, että hän museolla oli.

Sammaleinen oli kuollut, tapettu. Hän ei vielä siitä uutisesta ollut kunnolla toipunut. Piileskellessään ullakolla hän oli jo kuvitellut, että tilanne rauhoittuisi itsestään, että takaa-ajajat väsyisivät tai kyllästyisivät, joutuisivat ehkä poliisien kanssa tekemisiin jostain aivan muusta syystä. Hän oli ajatellut, että takaa-ajajat olivat Maurilan tappaneet vahingossa, pelästyneet itsekin ja kadonneet piiloihinsa. Maurila oli rähinöinyt koko ikänsä, niin että Maurilan kuolemaa jotenkin osasi odottaa. Mutta Sammaleinenkin oli tapettu ja se jotenkin mutkisti asioita. Sikäli kuin tiesi, Sammaleinen oli ollut varovainen ja huolellinen ja sävyisä. Ei kenelläkään riitapukarilla voinut olla mitään syytä Sammaleista tappaa. Hän oli aina ajatellut, että Sammaleinen oli yhtä varovainen kuin hänkin. Mutta nyt Sammaleinen oli kuollut. Minkä virheen Sammaleinen oli tehnyt?

Hänen puolesta häntä etsimään tullut mies saisi kuolla janoon, mutta voisi mies sitä ennen kertoa miksi häntä etsittiin.

Elias seurasi sivusilmällä miehen heräämistä. Mies jo avasi silmänsä, katseli huonetta, oli aluksi selvästi hämmästynyt, mutta pian kai muisti mihin oli tullut ja miksi. Vaikeaa miehen oli tajuta, että oli sidottuna tuoliin, vilkaisi sidottuja käsiään useaan kertaan.

Hän kaatoi lasiin tilkan vettä, juotti siitä vangilleen niin vähän, ettei toisen jano sillä sammuisi.

Elias tutki miehen lompakkoa. Rahaa oli muutama vaivainen seteli, luottokortti ja s-ryhmän etukortti, sekä kirjastokortti. Ajokortista hän katsoi miehen nimen ja syntymäajan. Taneli Joutoinen, luki ajokortissa. Nimi ei sanonut hänelle mitään. Sinikka tosin oli puhunut jostain Tanelista, mutta oliko kyseessä sama Taneli jonka hän kolkannut tajuttomaksi ja sitonut tuoliin kiinni. Ei Taneli kovin harvinainen nimi ollut.

Mutta miksi tuo ukko oli kivunnut ullakolle? Hänenkö takia?

Hän jäi katsomaan Tanelia. Ei Taneli näyttänyt rikolliselta, ei ainakaan kovan luokan rikolliselta joka olisi valmis murhaamaan jonkun. Taneli oli tavallisen näköinen, vanhahko mies, hieman velton oloinen. Vaatteet olivat väljät ja kuin tehty vielä hieman tukevammalle miehelle. Hiuksia oli päässä harvakseen, päälaella ei ollenkaan. Kasvot olivat punakat, mutta ei hän ullakon hämärässä saanut selville, oliko se tervettä punaa vai viinan tuomaa väriä. Tanelin katse oli kuitenkin tähdätty suoraan hänen silmiin, eikä hän ollut varma siitä, kuvastiko katse rehellisyyttä, vai yrittikö Taneli tunkeutua hänen otsan läpi aivoihin lukeakseen hänen ajatukset ja sitten jotenkin huijatakseen häntä. Mies näytti aivan tavalliselta mieheltä, liiankin tavalliselta. Voisiko tuollainen mies olla palkattu tappaja? Ei Taneli Joutoinen hänestä ollut kovinkaan taitavasti lähestynyt hänen piilopaikkaa. Hän oli huomannut Tanelin oitis kun tämä museolle ilmestyi. Ja vaikka mies oli myöhemmin liittynyt turistien joukkoon kuin olisi turisti itsekin, niin ei Taneli ollut siihen laumaan sopinut. Ei hän käsittänyt miksei sopinut. Ei hän Tanelin ulkomuodosta mitään erikoista ollut, ei mitään silmiinpistävää, ellei sellaisena pitänyt kiiltävää, kaljua päälakea.

– Päästä nyt irti edes nämä siteet, Taneli murahti. – En

minä mikään rikollinen ole, enkä poliisikaan. En ole sinua jahtaamassa muuta kuin uteliaisuuttani. Portsari minä olen nykyisin ammatiltani.

Elias selasi uudelleen miehen papereita.

– Tossa yhdessä paperissa lukee että muurari, hän sanoi.

– Se on jäänyt siihen vuosikymmenen takaa. Joskus olin muurari rakennuksilla. Mutta siitä on kauan. Portsari minä nykyisin olen. Satun vielä omistamaan siitä kapakasta toisen puolen. Pelkkä harrastushan se työ minulle on.

– Vai on portsarina olo harrastus.

Taneli katsoi Eliasta silmät tuikkien.

– Jos vaan tietäisit, minkälainen harrastus se on.

– Vakoilit tuolla metsänlaidassa jotain. Se pani epäilemään, että vakoiletko minua. Se ei minun tietääkseni kuulu portsarin työhön.

– Vapaa päivä minulla nyt on. En minä täällä ihan huviksenikaan vakoile. Se nyt vaan sattui niin, että autooni joku oli vaihtanut rekisterikilvet. Kun sitten kuulin, että joku majailee museolla omine lupineen, niin ajattelin, että voisi olla sama tyyppi.

– Ai sinunko se Volvo oli.

– Minun se oli ja on vieläkin. Kun kuulin, että tänne on murtauduttu, niin ajattelin tulla katsomaan että kummoinen tyyppi minun Volvoa on hipelöinyt.

– Vai sellaista kuulit?

– Niin kuulin, siskontytöltä. Lähti täältä juuri ennen kuin turistit tulivat. Ja sinä olet Elias Turanen.

– Vai olet sen jo ronkkinut selville.

– Minä voin kertoa lisääkin, mutta mitä jos ensin avaisit nämä köydet.

– Heh.

– Joo joo. Ymmärrän minä kyllä senkin, ettei oikein luotto riitä. Mutta minä kyllä tiedän, kuka sinä olet. Sinä olet Elias Jussi Turanen. Syntynyt 2.3.1978, jossain, no jossain... Minun tiedot näet ajokortista. Olen Taneli Joutoinen jne.

– Eivät nuo sinun tiedot minulle kerro mitään. Sen haluaisin tietää, että mitä helvettiä sinä täältä etsit?

– Sinua, vastasi Taneli. – Jos vaan oikein olen arvannut, niin sinä vaihdoit rekisterikilvet minun autosta omaasi ja toisin päin.

– No sen sinä kyllä arvasit ihan oikein.

– Se pani miettimään, että miksi. Utelias kun olen, ajattelin ottaa siitä selvää.

– No se ei kyllä tainnut olla kovinkaan järkevä teko, sanoi Elias. – Tarkoitan, se rekisterilaattojen vaihtaminen. Tuli kai vähän hätiköityä. Senkö takia sinä tänne hiippailit vakoilemaan?

– Olen minä jo kaikenlaista muutakin ottanut sinusta selville. Tiedän minä vaikka senkin, että vaimosi on mukiloitu ja on nykyisin Jorvin sairaalassa. Ei uskalla kotiin mennä.

– No olet sinä innokas nuuskimaan.

– Taisit vaihtaa kilvet aivan väärän miehen autosta. Minähän olin nuorena poliisi.

– No mikset ole enää?

– Minä, no se on sivuseikka. Että semmoisen miehen autoon vaihdoit kilvet.

– No se oli moka, johan minä myönsin. Olin kai vähän paniikissa. Ja sinä olet seuraillut tänne asti minua. Miksi?

– Minä kun niin kovasti tahtoisin tietää, että mistä tässä on oikein kysymys.

– No senhän minäkin tahtoisin tietää, huokasi Elias.

Hän oli vasta saanut kerrotuksi Sinikalle elämäntarinaansa, eikä hän tiennyt oliko siinä tehnyt taas virheen. Hän oli aluksi viinihoureissaan luottanut ventovieraaseen ihmiseen, kertonut rikoksista joista poliisi hänet voisi pidättää vaikka saman tien ja toisessa osassa oli kavaltanut koko koplan, tosin jo kuolleet toverinsa.

Hän oli kertonut myös lapsuudestaan ja pieleen menneestä avioliitostaan, joista ei aikaisemmin ollut puhunut kenenkään kanssa, ei edes Jaakko Maurilan kanssa. Tuo kaikki oli kuitenkin tuonut päähän uusia ajatuksia. Hän oli sen jälkeen monta kertaa ajatellut, että antautuisi poliiseille, kärsisi tuomion ja alkaisi elämän uudelleen ilman Sannaa.

Mutta pitäisikö hänen nyt kertoa samat asiat uudelleen tuolle pulskalle ukolle, mikä hän sitten miehiään olikaan. Hän vilkaisi uudelleen lompakkoa ja ajokorttia. Taneli Joutoinen. Pitäisikö hänen luottaa johonkin Taneli Joutoiseen, muurariin tai portsariin ja mitä muuta tämä sitten olikaan. Mitä Taneli tekisi kun saisi tietää hänen rikollisesta taustastaan. Auttaisiko häntä piiloutumaan takaa-ajajilta vai toimittaisiko poliisin huomaan. Tanelihan oli nuorena toiminut poliisina, oli sen jo tunnustanut. Nyt hänellä olisi tilaisuus antautua poliisille, kertoa kaiken mitä oli tehnyt. Se toisi hänelle pitkän kakun. Kovin paljoa hän ei voisi menneisyyttään silotella, kun oli jo Sinikalle kehunut, ettei ole mikään pikkutekijä. Mutta toisaalta jos hän antautuisi poliisille omaehtoisesti ja tunnustaisi kaiken, voisi tuomio olla pienempi.

Mutta jos hänen kannoilla oli rikollisliiga joka ammuskeli ihmisiä hengiltä, niin olisiko hän turvassa edes vankilassa. Suojelisiko poliisi häntä, jos hän ei poliisille osaisi muuta kertoa kuin tekemiään murtokeikkoja. Takaa-ajajistaan hän ei vieläkään tiennyt mitään.

Hänen oli pakko tunnustaa itselleen se, että ei hän tainnut olla läheskään niin taitava rikollinen kuin mitä oli kuvitellut. Kun asiat olivat menneet vikaan, hän oli tehnyt virheen toisensa perään. Aina hän jankuttanut itselleen varovaisuutta ja huolellisuutta, mutta oli itse ollut kaikkea muuta kuin varovainen. Kaikki oli mennyt täysin pieleen, eikä hänellä ollut taitoja pinteestä selviytymiseen. Se oli alkanut kun näki Vaipion huvilan ikkunasta jonkun auton.

Hän oli pelästynyt ja lykännyt jonkun kirjeen taskuun.

Voisiko kaikki johtua siitä kirjeestä? Oliko siinä kirjeessä ollut jotain, joka veti puoleensa niin rikollisia kuin poliisejakin?

Taneli tuijotti häntä kuin koettaisi hänen ajatuksia lukea. Hän käänsi katseen syrjään.

– Johonkuhun sinun pitäisi luottaa, sanoi Taneli. – Niin miksei vaikka minuun. Minä rikollisia tutkin nuorempana, aluksi poliisina ja myöhemmin muuten vaan. Tunnen kyllä muutamia etsiviä, mutta eihän minun ole pakko niille kertoa mitään.

Elias kääntyi katsomaan Tanelia, mutta ei Tanelia nähnyt. Silmien edessä kulki kuvia viimeisestä murtokeikasta. Kaikki oli mennyt pieleen, kaikki oli edelleen pahasti pielessä. Mikään ei toiminut kuten aikaisemmin. Kaikki oli jotenkin... Oliko Taneli Joutoinen se, mikä sanoi olevansa, Sinikan eno. Oliko Sinikkakaan se, mikä sanoi olevansa, museon opas jne. Oliko mikään enää sitä, miltä näytti?

Nyt hänen museolla olosta tiesi ainakin kaksi ihmistä, Sinikka Kaasala ja Taneli Joutoinen. Siinä oli ainakin yksi ihminen liikaa, ellei peräti kaksi.

Alhaalta kuului ääniä, kun ulko-ovea avattiin. Joku livahti sisälle, sulki oven takanaan.

Elias hiipi portaiden yläpäähän. Sinikka askelsi jo eteiseen, ja rappuja ylös.

– Mulla on vieraita, sanoi Elias.

– No kuka?

– Tule katsomaan.

– Toin vähän ruokaa ja muuta.

Hän kulki Sinikan edellä huoneeseen johon oli vähin erin majoittunut, osoitti sormella Tanelia. Sinikka purskahti nauruun. Taneli noitui.

– Sehän on Taneli, minun eno, selitti Sinikka naurun lomassa. – Minä jo ihmettelin minne se on kadonnut, kun ei kotona ollut. Miksi se on sidottu?

– Luulin että se on niitä jotka minua jahtaa.

Hän avasi Tanelin käsiin sitomansa köyden, sanoi:

– Sinä siis oletkin vaan sinä.

Taneli hieman suutahti:

– Vaan ja vaan. Miten niin minä olen vaan minä. Minä olen kuule...

– Älä nyt hermostu. Tarkoitin vaan, ettet sinä ole se miksi aluksi luulin, tappaja tai muuta sellaista.

– Minä toin retkikeittimen, sanoi Sinikka. – Voit lämmittää ruokaa ja keittää kahvia.

Sinikan virittäessä keitintä ja ruokaa tehdessä, Elias kertoi Tanelille tarinansa jonka oli osin Sinikalle kertonut. Taneli Joutoinen oli hyvä kuuntelemaan. Toisin kuin Sinikkaa, Tanelia ei ollenkaan kiinnostanut hänen lapsuus tai onnettomat avioliittovuodet. Sen Elias tajusi pian. Niinpä hän kertoi vai rikoksista, heidän kolmen miehen tiimistä.

– Se taisi alkaa siitä, kun murtauduttiin Rapuluodon huvilaan...

– Onko siitä kauankin aikaa?

– Viitisen vuotta. Meitä oli semmoinen pieni tiimi.

– Kuuluuko se Maurilakin siihen.

– Ja Sammaleinen, sanoi Sinikka.

Ja hän taas selitti, vaikka ei oikeastaan olisi tahtonut:

– Meillä oli Maurilan kanssa semmoinen työjako, että Maurila otti selville missä oli talo, talo jonka asukkaat oli poissa, talo joka piti sisällään tavaraa jonka sai helposti myydyksi katukaupassa. Siinä työssä Maurila oli taitava. Se saattoi kapakassa lyöttäytyä ventovieraan ihmisen seuraan ja vähän kerrassaan ronkkia selville missä tämä asui, keitä muita asui samassa talossa, mitä arvokasta talossa oli, milloin asunto oli tyhjillään. Usein vielä tapahtui niin, että tuo uhripolo kapakassa tarjosi Jaakolle viinaa. Ja kun tuli valomerkki, niin jokin pieni ryhmä lähti uhripolon asunnolle jatkoille ja Jaakko seurasi mukana. Yöllä muiden nukkuessa se tutki kannattaisiko asunto ryöstää. Jos kannatti, niin jatkoi veljeilyä uhripolon kanssa kunnes sai kaiken tarvittavan selville. Jatkoi veljeilyä vielä sittenkin, saattoi olla kapakassa kaljalla sen polon kanssa sillä hetkellä kun minä ryöstin kämpän tyhjäksi. Itse työ oli usein hyvin yksinkertainen. Kun asuntoon meni sisälle ikkunasta ja vei asunnosta vain sen minkä kuka tahansa rikollinen veisi, niin murron jäljet sopivat kymmeniin lähitienoon rikollisiin. Poliisi löysi aamulla tuiki tavallisen murron jäljet ja saattoi kai näyttää siltäkin, että joku vain olisi hetken mielenjohteesta murtautunut sisälle. Sellaisia murtoja tapahtuu yhtenään. Poliisi ehkä pidätti joitain taparikollisia lähitienoolta. Minua ei ole koskaan edes kuulusteltu. Ei jepeillä kai ole aavistustakaan minusta. Niihin murtoihin minua ei yhdistä mikään, paitsi Maurila ja ehkä Sammaleinen. Tuskin kukaan osasi epäillä, että minä teen rikoksia. En ole koskaan jäänyt kiinni mistään rikollisesta. Muuten olen yövartija, paitsi että nyt enää en taida olla sitäkään. Töissä olin aina kunnolla, en koskaan omalta reviiriltä vienyt mitään. Enkä ole edes käyttänyt niitä tietoja tai taitoja, joita työpaikaltani sain, paitsi nyt kun tänne museolle murtauduin. Jos niin olisin tehnyt, olisi poliisi ruvennut epäilemään murroista jotain ammattilaista. Ja tärkeää oli sekin, että teki murrot aina vähän eri lailla, eri puolilla maata. Jos käyttäisi jotain kaavaa, kuten niin kuin monet vankiloissa asuvat muka mestaririkolliset, etsivät eivät kauaa tyytyisi jahtaamaan jotain pikkurikollisia. Poliisi panisi oikeat etsivät etsimään syyllistä ja kyllä keksisivät sen kaavan. Mutta seuraavan murron tein aina jollain toisella tapaa ja aivan toisella suunnalla. Sitä vaan piti aina varoa, ettei jätä sormenjälkiä tai DNA:ta. Mutta niinhän toki tekee jokainen amatöörivaraskin. Kukaan ei murtoja osaisi arvata saman tekijän tekemiksi. Minä en väheksy poliisia, siksi en koskaan ole jäänyt kiinni.

– Varovainen ja varovainen, sanoi Sinikka.

Taneli ääni oli tyly:

– Vai oikein mestaririkollinen. Kas ettet ole ruvennut kurssittamaan aloittelevia rikollisia.

Tanelin tyly ääni havahdutti hänet. Nyt nolotti entistäkin enemmän. Aplodeja hän kai oli odottanut.

– Nyt olet kyllä tehnyt jonkun virheen, sanoi Taneli.

– En vaan käsitä minkä.

– Ainakin murtauduit ihan väärään asuntoon, sanoi Taneli. – Ja nyt ovat sitten sinun kintereillä. Tämä viimeinen keikka kai jonkun suututti?

– Siitä lähtien ovat olleet kannoilla. Kaikki meni pieleen sen jälkeen. Jo siellä huvilalla luulin, että joku tarkkailee lähistöllä. Sitten vein vahingossa sen kirjeen.

– Minkä kirjeen?

– Siinä oli jotain valokuvia. Viskasin sen moottoritien laitaan kun Bömskistä lähdin jatkamaan matkaa. Mutta ne oli käyneet minun kotona jo ennen kuin itse sinne ennätin. Minä kyllä ajelin kiertoteitä. Mutta mummonmökille ennättivät ennen kuin minä ehdin sinne ajaa. Mistähän sinnekin osasivat?

– Varmaan vaimoltasi saaneet osoitteen, sanoi Sinikka.

– Tehokasta väkeä, totesi Taneli. – Jospa te ajoitte sinne mökille peräjälkeen, niin että sinun takaa-ajajat olivatkin muutaman minuutin edellä? Tulivatko samat miehet sitten takaisin ja pahoinpitelivät muijasi?

– Mistä minä tiedän, vastasi Elias. – Ne oli kuitenkin Sammaleisen luo ehtineet ennen minua. Tai ainakin samannäköinen auto seisoi siellä. Ja sikäli kun näin, etsivät jotain, olivat rikkoneetkin jotain tavaroita, siitä ryöstösaaliista. Ja Maurilan olivat tappaneet ennen kuin ennätin sinne ja sielläkin oli jotain etsitty. Jotain ne etsivät, en vaan käsitä mitä.

– Minun täytyy tavata se Viiriäinen, sanoi Taneli. – Jos saataisiin tähän jotain tolkkua.

– Jesperissäkö aiot sen tavata, kysyi Sinikka.

– Siellä.

Elias hätääntyi:

– Älä sitten kerro, että minä täällä olen. Minä olen kyllä aatellut, että voisin vaikka antautua poliisille, mutta pitää vielä vähän tuumata sitä.

– Ei kai minun sitä tarvis kertoa, vastasi Taneli, kääntyi sitten Sinikalta kysymään. – Mitä ne töissä sanovat, kun täällä vietät kaiket päivät ja yöt?

– Eivät ainakaan vielä ole sanoneet mitään, kun eivät tiedä missä olen.

Elias vetäytyi vähin erin syrjään Tanelista ja Sinikasta. Tuntui oudolta että aivan vieraat ihmiset auttoivat häntä, tuntui oudolta varsinkin siksi, kun eivät olleet edes vihjaisseet mistään vastapalveluksista. Ei hän ollut koskaan ennen kohdannut moisia ihmisiä, ei häntä kukaan ollut ennen auttanut. Ei hän itsekään ollut koskaan ketään auttanut, ei ellei siitä ollut hänelle itselleen jotain hyötyä.

Hän ei käsittänyt miksi Sinikka ja Taneli häntä auttoivat. Mutta jos he aikoivat hänet rikollisilta pelastaa, joutuisivat he turvautumaan poliisin apuun ennemmin tai myöhemmin. Ei tavallisilla ihmisillä ollut tappajia vastaan keinoja puolustautua. Hänen rikollinen ura taisi nyt joka tapauksessa olla lopussa.

19.

Taneli Joutoinen ajoi työpaikalleen Jesperin ravintolaan, vaikka hän oli vapaalla ja vaikka yleensä matkan kulki junalla. Ei haitannut menoa sekään, että autossa edelleen oli toisen auton rekisterikilvet. Ennen lähtöä hän oli soittanut etsivä Viiriäiselle, sopinut treffit kapakkaan. Vielä hän ei tiennyt mitä kaikkea Viiriäiselle kertoisi. Virkaa tekevänä etsivänä Viiriäisen kuuluisi pidättää Elias Turanen tämän tekemistä murroista, mutta jutussa tuntui olevan tekeillä jotain aivan muuta. Puhelimessa hän ei lainkaan Viiriäistä valistanut. Viiriäinen kuitenkin lupasi ilmestyä paikalle.

Elias Turasta kuunnellessa Taneli oli päätynyt olettamukseen, että Elias oli Vaipion huvilalta vienyt jotain arvokasta. Mutta mitä? Sitä ei käsittänyt Elias itsekään. Elias oli hänelle kertonut, miten viimeinen keikka oli sujunut ja hän uskoi että Elias oli puhunut totta. Mutta oliko tavaroiden joukossa ollut jotain arvokasta, piilotettuna mihin lie salalokeroon, ehkä rahaa tai koruja. Eliashan oli sanonut, että miehet olivat Sammaleisen luona tutkineet ryöstösaalista, rikkoneetkin jotain. Olivat sen jälkeen tappaneet Sammaleisen ja Maurilan. Pitäisi selvittää sekin, kumpi noista miehistä oli tapettu ensin, Maurila vai Sammaleinen. Olivatko tappaneet Sammaleisen jo silloin, kun Elias oli lähistöllä.

Ja Elias oli maininnut myös kirjeen, minkä oli Vaipion huvilalta vienyt ja muisti senkin minne oli sen heittänyt. Mutta mitä kirje oikeasti oli sisältänyt, sitä Elias ei osannut kertoa, vain että jotain valokuvia. Kirje kuitenkin oli ollut lukitussa laatikossa ja oli siksi kai ollut Vaipiolle tärkeä.

Jos Elias Turanen oli puhunut totta, niin jutun taustalla täytyi olla jotain suurempaa, jotain jonka takia kaksi pikkurikollista oli surmattu. Hengenvaarassa oli silloin myös Elias Turanen.

Hän toivoi että Viiriäinen kiinnostuisi asian tuosta puolesta, ei kyselisi murtovarkauksista mitään. Elias kun oli löytänyt oivan paikan missä piileksiä. Ei hänkään olisi arvannut lähteä miestä museolta etsimään, ellei Sinikka olisi kertonut hänelle museolle ilmestyneestä tupakoitsijasta. Ei Elias Turasella ollut mitään siteitä museoon, ei ollut edes työssä ollessaan päätynyt vartiotehtäviin museolle. Ehkä Elias museolla olisi turvassa tappajilta.

Sattumalta Elias oli museolle murtautunut ja jäänyt majailemaan ja sattumalta Elias oli vaihtanut juuri hänen autosta rekisterikilvet omaan autoonsa. Häntä koko juttu kiinnosti vain noiden sattumien takia. Muitakin sattumia saattaisi vielä löytyä, mutta noiden sattumien takia hän oli jutun jäljillä, eikä hän aikonut luovuttaa ennen kuin olisi selvillä kaikesta.

Viiriäinen istui nurkkapöydässä häntä odottamassa, yhtä innottoman oloisena kuin aina.

– Se Elias, hän sanoi heti kun ennätti pöytään: – Se Turanen josta kerroin, se joka minun autosta kilvet vaihtoi omaansa, se joka on kadonnut jäljettömiin.

– Ehkä se on lähtenyt jonnekin ulkomaille, arveli Viiriäinen. – Kun ei sitä kukaan ole kadonneeksi ilmoittanut, niin eipä sitä ole etsittykään. Kai se löytyisi jos etsittäisiin.

– Se on tehnyt semmoisen tempun, että on murtautunut Jorma Vaipion asunnolle, tai huvilalle, eli mikä kesämökki lienee ollut.

Viiriäinen oli vaikuttanut innottomalta, mutta valpastui heti kun kuuli Vaipion nimen.

– Vai Jorma Vaipio, se on kyllä aika iso kala. Sen minä haluaisin mieluummin napata kuin jonkun Turasen.

– Ja yks Maurila, se joka tapettiin asunnolleen, tiedätkö miksi.

– Se on varmaan rikollisten omaa välienselvittelyä. Hyvä vaan kun tappavat toisiaan. Se Maurila, se on kyllä tuttu mies ennestään. Ei ole kuin pari kuukautta kun sitä haastattelin yhdestä murrosta. Mutta sillä oli niin pätevä alibi, että pakko se oli irti laskea. Oli silloin pubissa ollut valomerkkiin asti ja pihalla pubin edustalla pitkälle senkin jälkeen. Oli vähän nahistellutkin, sen verran että huomattiin. Oli monta kymmentä todistajaa paikalla.

– Ja vielä se Sammaleinen, sanoi Taneli. – Sekin kuulemma on kuollut, tapettu.

– Niin taitaa olla.

– Elias Turanen kuului samaan ryhmään kuin Sammaleinen ja Maurila. Itse asiassa, se Turanen oli oikein tekijämies siinä porukassa. Sammaleinen vain varastoi tavaroita ja myi niitä, Maurila oli jonkinlainen tiedustelija, se Elias Turanen teki kaiken työn.

– Se Turanen, kyselin siitä noin muuten vaan vähän. Sehän on kyllä poliisille tuttu nimi, vaikka miestä ei koskaan tavattu. Sitä Turastakin epäiltiin joskus jostain murtovarkaudesta. Se vaan on niin pieni kala, ettei siksi ole jäänyt haaviin. Niin kuin Maurila ja Sammaleinenkin. Melkein silkkaa roinaa keräilevät.

– Ja nyt Maurila ja Sammaleinen ovat kuolleita?

– Voi siinä jotain sitten ollakin. Se Vaipio, se kyllä on tarkkailussa ollut muutenkin. Huumeryhmä sen kannoilla nykyisin on. Ei vain ole saatu todisteita niin paljoa kasaan, että se telkien taakse saataisiin.

– Mikä se Jorma Vaipio oikein on miehiään.

– Rikollinen se on, siitä olen ihan varma, vastasi Viiriäinen. – Mutta en tarkkaan tiedä mitä touhuaa, enkä sinulle voisi kertoa vaikka tietäisinkin. Kyllä me aina välillä ollaan siihen paremmin tutustuttu, mutta todisteiden puutteessa... Nyt se on ihan viime vuosina pistänyt rahoiksi ja rahalla taas saa niin ärhäköitä lakimiehiä, ettei sitä noin vain voi pidättää. En tiedä millä keinoilla on rahoiksi pistänyt, paitsi että huumeilla kai. Sehän kulkee nykyään niin hienoissa piireissä ja huhutaan että aikoo politiikkaan mukaan sotkeutua.

– Minä kun luulen, että sen Vaipion miehet jahtaavat sitä Turasta.

– Ei mikään ihmekään, jos se sinun Turasesi Vaipion huvilalle murtautui. Se taitaa nyt kyllä olla pahassa pulassa, poikaparka. Sillä on melkoisen kovaa väkeä työssä, Vaipiolla. Voi olla tappajiakin. Milloinka se Turanen sinne murtautui?

– En minä päivää tiedä, mutta ei siitä aikaa ole kulunut kuin muutama päivä, ei viikkoakaan.

– No minä koetan selvittää, mitä voin. Sen Vaipion, sen minä kyllä mielelläni pistäisin telkien taakse. Ollaan ihan varmoja että myy huumeita ja tekee ties mitä muuta pahaa, mutta kun se pitäisi todistaa. Voin minä ainakin härnätä huumeryhmää, että panevat töpinäksi.

20.

Tanelin mentyä Sinikka soitti työpaikalleen ja kertoi ettei sinä päivänä tule töihin. Hän valitti ankaraa heinänuhaa. Tosiasiassa hän jäi vahtimaan Eliasta. Taneli kun oli esittänyt hänelle toiveen, ettei murtovaras katoa sinä aikana kun hän puhuu Viiriäisen kanssa.

Hän ryhtyi joutessaan tutkimaan ullakkoa. Siellä oli tavaraa enemmän kuin mitä hän muistikaan. Oli hän toki siellä ennenkin käynyt, mutta vain pikimmiten ja hämärissä, niin ettei silmä ollut ehtinyt tottua hämärään. Parissa huoneessa oli aivan käyttökelpoisia tavaroita, lipastoja, kaappeja, nojatuoleja ja pöytiä, Eliaksen valtaamassa huoneessa jopa iso parivuode. Ne toki olivat likaisia ja osin kosteuden turvottamia, mutta osaava puuseppä ne takuulla osaisi entisöidä. Yhdessä huoneessa oli kangaspuut osiin purettuna. Paljon oli myös silkkaa roinaa, varsinkin huoneiden väliin jäävällä leveällä käytävällä. Oli erimallisia saaveja, jotka tarpeeksi kuivuttuaan olivat itsestään purkautuneet osiin. Oli myös rikkinäisiä huonekaluja, oli läjäpäin kolhuisia kattiloita ja vateja ja läpiruosteisia ämpäreitä, maitotonkkia, oli mattoja ja vaatteita joita hiiret olivat nakertaneet.

Hän siirtyi huoneeseen mitä Elias asui. Siellä oli tallella miltei kaikki, mitä asumiseen tarvitsi. Nyt oli myös ehjä lamppu valaisemassa huonetta. Vuoteen Elias oli pedannut, mutta levännyt myöhemmin pedatulla vuoteella. Pöydällä oli muonatarpeita ja pieni radio, missä ei vieläkään ollut paristoja. Ison kaapin ovet olivat auki, ja kaapin hyllyt tyhjinä lukuun ottamatta muutamaa rättiä ja niitä ruokatarpeita jotka Elias oli sinne työntänyt. Koinsyömät verhot roikkuivat ikkunan edessä. Pölyä oli kaikkialla paksulti. Elias itse istui ikkunan ääressä tuijottamassa ulos. Vieressä oli matala pöytä, johon oli kaatanut palapelit palat. Näky oli oikeastaan aika kodikas.

– Mä en muistanutkaan että täällä on ihan asuttavia huoneita ullakolla, hän selitti Eliaksen selälle. – Viimeinen isäntä joka täällä isännöi, oli poikamies. Sillä oli kyllä taloudenhoitaja, mutta eivät menneet avioon. Jotain niiden välillä kyllä takuulla oli, kun se taloudenhoitaja kerran suuttui jostain, pakkasi laukkunsa ja lähti Ruotsiin mistä oli tullutkin, niin isäntä lähti sen hakemaan takaisin. Mutta miksiköhän se tänne on asuttavia huoneita tehnyt. Luulisi että alakerrassa on tilaa kahden ihmisen asua. Ellei nämä sitten ole jotain vanhempaa perua. Elias-villassa kyllä joku sen sukulaismies asui, mutta täällä ei tiettävästi ketään. Se on se pieni, punainen mökki tossa tien toisella puolella. Mutta kukahan täällä olisi asunut?

– En osaa arvata, mutisi Elias.

– Ei siinä talossa huumeita ollut, Sinikka kysyi.

– Missä talossa?

– Siinä johon murtauduit.

– Ei, en ainakaan nähnyt. Mutta en minä ehkä huumeita erottaisi vehnäjauhoista, vaikka näkisinkin. En ole semmoisia aineita käyttänyt koskaan.

Hän katsoi Sinikkaa hämmästyneenä. Tuo nainenhan ajatteli hänen asioita, niitä asioita joita hänkin ajatteli. Mutta toisin kuin hänen ajatukset, Sinikan ajatukset näköjään johtivat jonnekin. Samassa hän muisti taulut. Eikö hän Maurilan asunnolla nähnyt aivan samanlaisia tauluja kuin mitä oli nähnyt Vaipion huvilalla, paitsi että kehykset oli pilkottu palasiksi. Ja eikö hän jo Vaipion asunnolla ollut ihmetellyt taulujen kehyksien leveyttä ja sitä että taulut haisivat.

Kun hän kertoi sen Sinikalle, tämä sanoi:

– Niihin kehyksiin oli varmasti piilotettu jotain. Huumeita?

Miten selvältä ja yksinkertaiselta se tuntuikaan, nyt kun joku sanoi sen ääneen.

– Eikö se sinun kaveri niistä mitään sanonut.

– Ei, ei se tauluista tainnut sanoa, paitsi että voivat olla arvokkaita. Minä luulin että ne maalaukset voisi olla arvokkaita, en kehyksiä ajatellutkaan. Mutta kyllä se Jaakko sellaista vihjaili, että voisi sieltä jotain arvokasta löytyä.

Hän koetti muistaa tarkemmin palan edellistä tapaamisesta Maurilan kanssa. He olivat tavanneet Nummelassa, kahvia myyvässä huoltoaseman baarissa. Hän muisti Maurilan levottomat kädet ja jalat, pälyilevät silmät jotka väistelivät hänen katsetta.

Baariin oli tullut liikaa väkeä ja he olivat siirtyneet ulos suunnittelemaan.

Maurila oli sanonut:

"Se on ihan helppo nakki. Kasaat vaan autoon kaiken, mikä siihen mahtuu, ainakin telkan ja stereot ja taulut ja semmoiset. Ja huonekalut, ne on tärkeitä. Osa niistä voi olla antiikkia ja siis arvokasta. Ja mä luulen, että voi siellä olla jotain muutakin, mitä mä en vielä tiedä. Mä kyllä kävin siellä, mutta se Vaipio otti heti bulttia kun vähän pengoin paikkoja. Vaipio on ainakin viikon poissa. Siellä ei käy ketään sinä aikana. Sillä yhellä Joupilalla tosin on avain sinne, mutta se juopottelee niin paljon, ettei siitä mihinkään ole. Mä sitä pari päivää juotin kapakassa. Ainakin yhden yön voit vapaasti häärätä. Tavarat viet samaan paikkaan kuin ennenkin. Viet kaiken semmosen, mikä voi olla arvokasta, eli tunget pakun täyteen, niin täyteen kun saat. Se Vaipio kun on rahamiehiä, niin ne taulutkin voi olla aitoja. Mä luulen että sieltä huvilalta voidaan saada niin isot rahat, että muuta ei tässä elämässä enää tehdä".

Maurilan sormet olivat kaiken aikaa naputelleet housujen lahkeita, aivan kuin mies koettaisi rytmittää puhetta. Mies jännitti joitain niin, että kaulassa jänteet pullistuivat ihon alla esille. Saattoiko se tarkoittaa jotain? Oli hän ennenkin tehnyt Maurilan kanssa töitä, aina vain pieniä keikkoja. Rapuluodon huvilalle he olivat ensimmäisenä murtautuneet. Sieltä oli tullut hyvä saalis, minkä Sammaleinen oli välittänyt eteenpäin. Samoin oli käynyt Vihtajärven asunnolla. Ei heitä kukaan epäillyt. Muutamia kertoja oli murtauduttu kioskeihin, mutta niistä saalis oli jäänyt aina niin vähäiseksi, että siitä oli luovuttu kokonaan. Kiinni jäämisen riski oli turhan suuri, kun kioskit sijaitsivat niin vilkkailla paikoilla, että öisinkin saattoi ihmisiä tulla paikalle. Siirryttiin taas huvilamurtoihin, mutta isoa saalista ei saatu. Jo silloin poliisi oli epäillyt Maurilaa murtojen tekijäksi ja seuraavan keikan hän oli tehnyt yksinään. Maurila vain hääri taustalla, suunnitteli, tutki paikat edeltä käsin, suunnitteli mitä kannattaa viedä ja mitä jättää. Kun hän sitten lähti keikalle, Maurila oli kapakassa, missä kymmenet ihmiset hänet näkivät.

Mutta mikä Maurilan oli viimeksi tehnyt niin hermostuneeksi. Vai oliko Maurila edes ollut hermostunut. Maurila kun viinan lisäksi käytti lääkkeitä, toisinaan käytti niitä sekaisin keskenään, oli vaikea arvioida, mikä oli niiden vaikutus miehen olotilaan.

– Siellä on ollut huumeita, sanoi Sinikka. – Jos se sinun kaverisi, se Maurila on tiennyt niistä ja kun aikoi käyttää ne itse, ei siksi kertonut sinulle mitään.

– Minäkin sitä jo vähän aattelin, ettei siihen enää voi luottaa.

– Nyt ei ainakaan voi enää luottaa, kun kerran on kuollut, sanoi Sinikka. – Mies kun vajoaa tarpeeksi alas viinan ja huumeiden joukkoon, niin ei kai siihen luottaa voi. Ja se toinenkin sinun kaveri on kuollut.

– Ja siinä ne sitten olikin, minun kaverit. Mutta mitä ne takaa-ajajat vielä hakee. Koko ryöstösaalis meni Sammaleisen varastolle. Jos niihin oli piilotettuna huumeita, niin...

Silloin kun Maurila hänelle ehdotti Vaipion huvilaa seuraavaksi murtokeikaksi, kaikki oli tuntunut olevan kunnossa. Huvila sijaitsi sopivan matkaa syrjässä, ja lähin naapuri metsän takana.

"Helppo nakki," Maurila oli sanonut, mutta miksi sitten oli ollut niin hermostunut.

Hänen olisi pitänyt jo silloin huomata ja varoa entistäkin enemmän. Hänen olisi pitänyt ottaa selville kenen huvilaan murtautui, mikä mies Jorma Vaipio oli. Netistä hän ei ollut löytänyt muuta tietoa, kuin että oli liikemies. Hän oli tyytynyt siihen.

Ehkä hän oli tehnyt ensimmäisen ja pahimman virheen juuri siinä, että ei ollut tarkistanut tarpeeksi hyvin sitä mihin ryhtyi. Hän oli varomattomuuttaan murtautunut huumekauppiaan huvilaan ja vienyt tietämättään tämän huumelastin. Hänet oli pettänyt hänen oma rikostoveri, johon oli sokeasti luottanut vuosikausien ajan. Hänen olisi pitänyt tarkkailla Jaakkoa siitä lähtien kun tiesi tämän lääkkeisiin tai huumeisiin sotkeutuneen.

Vaipion huvilalle murtautuessa hän oli elätellyt toivoa, että löytäisi isomman saaliin ja sitten lopettaisi rikollisen uran. Ehkä tuo haave oli tehnyt hänet huolimattomaksi. Hän oli vieläpä ajatellut, että jos rahaa löytäisi, hän ei kertoisi niistä rikostovereilleen mitään.

Sehän tarkoitti sitä, että hänkin olisi valmis pettämään kumppaninsa ensimmäisen sopivan tilaisuuden tullen. Se taas tarkoitti sitä, ettei hän tainnut olla yhtään sen parempi kuin rikolliset kumppaninsa.

Miksei Maurila ollut kertonut hänelle, että Vaipio oli rikollispomo. Sitä hän ei enää voisi Jaakolta kysyä. Jaakko oli kai tahallaan houkutellut hänet johonkin vaaralliseen, siksi että itse saisi huumeita?

Hän viskasi kiukuissaan käteen osuneen kertakäyttömukin nurkkaan, jäi ikkunaan katsomaan maisemaa. Museo näytti autiolta. Työmies oli kai lähtenyt asioilleen. Ainakin miehen mopo oli poissa. Taivas oli harmaa. Puhelinlangalla istui kaksi naakkaa vieritysten. Hänestä näytti, että aviopari.

Hänen olisi pitänyt lopettaa murtosarja yhtä keikkaa

aikaisemmin. Nyt jo kaksi ihmistä tiesi hänen tekemistä rikoksista ja nuo molemmat olivat entisiä poliiseja. Jos nämä vuotaisivat tietonsa virkavallalle, häntä voitaisiin syyttää kymmenistä jo tehdyistä murroista.

Poliisin lisäksi hänen kannoillaan oli joku muu, ehkä rikollisjengi, ehkä jopa itämafia. He olivat tappaneet Maurilan ja Sammaleisen, eivät siis aivan pikkutekijöitä. Mitä he oikein etsivät? Jos olivat tappaneet Sammaleisen ja Jaakon, niin olivat kai löytäneet huumeet Sammaleisen varastolta ja taulunkehyksistä Jaakon asunnolta. Mitä he vielä etsivät? Mitään muuta ei ollut, ei hänen tietämän mukaan.

– Mutta entä se kirje, hän taas muisti.

– Mikä kirje, kysyi Sinikka.

– Sieltä murtopaikalta jäi mun taskuun kirje. Se vaan sujahti taskuun, viskasin sen myöhemmin pois. Ei siinä sisällä ollut muuta kuin valokuvia.

– En tiedä kirjeestä, onko tärkeä vai ei. Kun ei tiedetä mitä siinä oli.

– Valokuvia.

Elias jäi miettimään kirjettä. Sen kirjeen takiako häntä jahdattiin. Hän oli tehnyt virheen siinä, että oli napannut kirjeen. Se oli toinen virhe, minkä hän tiesi tehneensä. Hänestä se oli pieni virhe, mutta siitä tuntui kasvavan hyvin suuria ongelmia.

Oliko tuo hänen tekemä virhe johtanut Maurilan ja Sammaleisen kuolemaan? Koituisiko sama pieni virhe myös hänen kuolemaksi?

Mitään muuta virhettä hän ei ollut tehnyt. Rahaa ei ollut löytynyt, ei mitään muutakaan arvokasta. Koko ryöstösaaliin hän oli vienyt varastolle, missä Sammaleinen ne lajittelisi ja myisi mitä myydyksi saisi. Tai niin oli tehnyt ennen, nyt ei enää tekisi. Vain tuo yksi kirje oli jäänyt hänelle.

– Kun pystyisi niille hulluille lähettämään tiedon, että se kirje sisältöineen makaa tienpientareella, vain muutama kilometri Bembölen kahvituvalta Tarvontietä Turkuun päin, sellaisella taukopaikalla.

– Miten sä tiedon lähetät, kun et tiedä ketkä sitä kaipaa, ihmetteli Sinikka. – Sitä paitsi, jos niillä on jo tappoja tunnollaan, niin kovin helposti et sovintoon pääse.

Sinikalla oli vain peruspuhelin, ei päässyt sillä nettiin. Muuten hän olisi tutkinut netistä kaikki uutiset mitä lehdet jutusta tiesivät, olisi myös koettanut ottaa selville mitä netissä tiedettiin miehestä nimeltä Jorma Vaipio. "Liikemies" oli Elias sanonut, mutta hän ei oikein luottanut Eliaksen tutkimuksiin.

Hän soitti Tanelille ja Taneli lähetti Eliakselle terveiset, että tämän kannattaisi pysyä museolla piilossa kunnes juttuun saataisiin selvyyttä.

– Ne ovat kai rikollisia jotka sitä Turasta jahtaa, Taneli selitti. – Kuulemma ainakin se Vaipio. Sinun kyllä kannattaisi piiloutua kotiin, tai vaikka työpaikalle. Siellä museolla ei ehkä ole turvallista, niin kauan kuin se Turanen siellä majailee.

Taneli oli selvästi huolissaan hänestä, mutta se ei häntä ihmetyttänyt, pikemminkin huvitti. Hän arveli, ettei Taneli niinkään ollut huolissaan hänen turvallisuudesta, vaan siitä ettei hän ajautuisi suhteeseen tuon laihan murtovarkaan kanssa. Ukkoraasu yritti olla isänkorvikkeena hänelle, vaikka ei ollenkaan rooliin sopinut ja vaikka hän oli jo aikuinen. Sellainen Taneli oli ollut aina. Kun hänen ensimmäinen miessuhde oli ajanut karille, Taneli oli ottanut sen raskaammin kuin hän itse. Sen sijaan kun oli ottanut loparit kunnalta ja mennyt poliisikouluun, ei Taneli ollut moksiskaan, taisi olla jopa ylpeä siitä että hän oli valinnut saman ammatin kuin Taneli nuorena, vaikka Tanelin ura poliisilaitoksella oli loppunut aikapäiviä aikaisemmin. Toisen ja kolmannen epäonnistuneen miessuhteen jälkeen Tanelin harmi oli ollut jo selvästi miedompaa, mutta silti

Taneli jatkoi hänen asioiden, varsinkin miessuhteiden penkomista. Sitä oli jatkunut jo 10 tai peräti 15 vuotta tai ehkä sitäkin kauemmin. Hän muisti että jo lapsena tuli käytyä Tanelin luona. Taneli oli se mukava sukulaisukko, jolle saattoi kertoa kaikkea mitä mieleen tuli, sillä Taneli ei niitä kertonut eteenpäin. Jossain vaiheessa nuorena hän kai oli kertonut Tanelille myös poikaystävistään ja kun Taneli oli Taneli, niin Taneli oli ottanut tehtäväkseen pysyä hänen asioista perillä. Kai Taneli pian ottaisi puheeksi myös sen, että oliko hänellä suhde Elias Turaseen. Ja mitä hän silloin vastaisi? Elias Turanen tupakoi liikaa, hän huomasi ajattelevansa. Elias Turanen myös teki murtovarkauksia aivan liikaa, että olisi hänen makuunsa. Niin hän oli vastannut aina ennenkin. Aviomiesehdokas no: 1 söi liian paljon, no: 2 joi liian paljon, no: 3 tupakoi liian paljon. Viimeisin ehdokas oli ollut liian lapsellinen ja rakastanut liikaa autoja. Elias sopisi siihen jatkoksi aivan hyvin, mieheksi jota ei tämä vikojen takia voinut ottaa aivan vakavasti, mutta ei heidän suhde ollut lämmennyt sinne päinkään. Jos hän jotain Eliasta kohtaan tunsi, se kai oli alitajunnassa piilevän äidinvaiston luomaa suojeluhalua.

Mutta toisaalta, muita sulhaskandinaatteja kohtaan hän ei ollut tuntenut sitäkään vähää. Vaikka oli Tanelia varten keksinyt miehistä vikoja, totuushan kuitenkin oli, niin hän arveli, se ettei hän tuntenut mitään noita sulhaskandinaatteja kohtaan, ei hyvää eikä pahaa, eikä ainakaan rakkautta.

Hän välitti Tanelin terveiset Eliakselle, lähti polkemaan kotiin. Vielä matkalla hän mietti, että mitä Taneli sanoisi jos hänellä oikeasti olisi suhde murtovarkaaseen. Mitä sanoisivat äiti ja isä, lentäisivätkö sitten kotiin häntä vahtimaan. Voisi se olla kokeilemisen arvoista.

Varovainen ja varovainen Elias Turanen oli paljastanut itsestään hänelle melkein kaiken ja se jotenkin kutkutti. Yleensä hän miestuttaviltaan sai kiskoa joka sanan kuin hohtimilla. Tosin ensimmäisellä kerralla heidän kohdatessa Elias oli juovuksissa. Hän oli oitis haistanut halvan viinin tuoksun, arvellut silloin että mies puhui vain juovuksissa. Oli hän samanlaisia miehiä tavannut ennenkin. Sulhasehdokas numero 3 oli ollut aivan samanlainen, oli selvin päin niin asiallinen kuin suinkin, suorastaan tylsä tuppisuu, mutta parin viinilasillisen jälkeen saattoi pälpättää vaikka illasta aamuun.

Toisella kerralla Elias oli jo puhunut selvin päin, mutta vasta kun hän oli ensin kertonut jotain itsestään. Ehkä mies kolmannella kerralla puhuisi jo omaehtoisesti. Ehkä hän ottaisi siitä asiasta selvää, kuten myös siitä, oliko Elias Turanen puhunut hänelle totta. Oli hän ennenkin tavannut valehtelevia miehiä. Oli heitä ainakin Sulhasehdokas numero 2 ja 4. Tai oli heitä enemmänkin. Eikö numero ykkönenkin...

Kotiin tullessa hän harmitteli sitä, ettei kotona ollut muita. Ajatuksissa tuo sotkuinen museon ullakkokin tuntui kodikkaammalta kuin hänen vanhempiensa asunto, jossa ei asunut muita kuin hän.

21.

Vasta kun ajoi Volvon kotipihalle, Taneli tuli ajatelleeksi sitä, että ehkä Eliaksen takaa-ajajat pitivät silmällä hänenkin autoa. Hän oli auton viimein hakenut rautatieasemalta ja ajanut sillä museolle täysin huoletta. Auto oli ollut museon parkkipaikalla useita tunteja. Jos joku oli häntä seurannut, varmasti ihmetteli mitä hän teki museon päärakennuksessa niin kauan. Pitäisikö hänen käydä varmistamassa että museolla kaikki oli kunnossa? Mutta pitäisikö mennä kävellen, niin etteivät Eliaksen takaa-ajajat hänen autoa museolle seuraisi.

Ennen kuin ennätti enempää miettiä, soi puhelin. Soittaja oli etsivä Viiriäinen. Viiriäinen selosti:

– Jotain on tekeillä, jotain aika isoa. Sinun kannattaisi olla nyt erikoisen varovainen. Samoin kuin sen Turasen, missä sitten liekin. Sitä Vaipiota on varjostettu silloin tällöin, huumepoliisi nyt lähinnä. Minä varjostajien raportit luin, ja siellä tosiaan on ollut silloin jotain ylimääräistä liikennettä. Oli joku murtautunut Vaipion asunnolle, ilmeisesti juuri se sinun Turasesi. Eivät sitä silloin pidättäneet, kun eivät tienneet mistä oikein oli kyse. Etsivät kyllä lähtivät sen murtomiehen perään, mutta eihän pari miestä ja yksi auto voinut jakautua moneen suuntaan. Ja se oli Vaipio itse silloin tulossa jo takaisin mistä lie Espanjasta ja tulikin kuin olisi ollut tuli hännän alla.

– Mitä siellä oikein on tapahtunut?

– Minä tämänkin nyt kerron, mutta tätä et ole minulta kuullut, et ole kuullut sitä keltään, selitti Viiriäinen. – Sinne kai piti tulla joku isompi huumelasti, sinne Vaipion asunnolle. Sitä odottivat niin huumeryhmän etsivät kuin myös Vaipion miehet. Kun sitten se sinun Turasesi sinne murtautui, niin meni kaikilta kai suunnitelmat uusiksi. Siinä on oikeastaan jotain aika hassua. Kai rosvot luulivat sitä poliisiksi ja poliisit luuli sitä rosvoksi. Kun se Turanen ajoi pakettiautolla pihalle, ne rosvot luikkivat takaovesta metsään, jäivät sinne piiloon. Toisella puolella taloa vahtivat huumeryhmät pojat. Molemmat vain odottivat piilossa, että se lähtisi. Ja kun viimein lähti, niin molemmat lähtivät perään, niin rosvot kuin poliisitkin. En tiedä kummassa järjestyksessä. On sillä Turasella onnea ollut matkassa. On hiipinyt leijonan luolaan poliisien ja rosvojen välistä. Siitä lähtien sen Turasen kintereillä on olleet sekä rosvot että poliisit. Ja semmoinen toinen uutinen, että sen Sammaleisen, sen joka tapettiin, niin sen varastosta löytyi kuin löytyikin pari sormenjälkeä ja jälkiä huumeista. Ne sormenjäljet kuuluu Jakosensaarelle ja Suomuraiselle ja ne taas on Vaipion miehiä. Ja pahoja poikia, ainakin se Valde Jakosensaari. Ne luultavasti on Sammaleisen tappaneet ja kai sen Maurilankin.

– Pidätittekö ne?

– Ei voitu ainakaan vielä pidättää. Kun sillä Sammaleisella oli ihan laillistakin liiketoimintaa, niin sieltä saattaa löytyä kenen tahansa sormenjäljet. Mutta ruvettiin tarkkailemaan. Ne ovat kuule kovia kavereita. Kun eivät löytäneet huumeita Sammaleisen luota, niin tappoivat sen. Senkin kilpajuoksun rosvot voittivat, kuten myös kilpajuoksun Maurilan asunnolle. Ehtivät tappaa senkin ennen kuin poliisi ennätti kyselemään. Poliisi jäi hopealle niissä kilpajuoksuissa ja palkinnoksi kahdesta hopeatilasta tuli kaksi ruumista, Sammaleisen ja Maurilan.

– Niin tai pronssille, sanoi Taneli. – Turanenkin taisi ehtiä joka etapille ennen poliisia. Kas kun eivät sitä Turasta sitten heti tappaneet, siellä huvilalla.

– Voi johtua siitä, kun se Vaipio oli vasta tulossa Espanjasta. Saattoi olla juuri silloin lentokoneessa. Eivät kai viestit kulkeneet juur sillä hetkellä.

Hän vain kiitti Viiriäistä tiedoista ja lupasi olla varovainen, jäi sitten miettimään, mitä tekisi. Hän voisi ilmoittaa

Viiriäiselle, että museolla piileskeli Elias Turanen, murtomies jonka tilillä murtoja oli kai useampiakin, "kai" sana siksi, kun ei hän täysin luottanut Eliaksen puheisiin. Laiha murtovaras kun luuli olevansa joku mestaririkollinen, saattoi siksi liioitella jutuissaan.

Jos poliisi hakisi miehen talteen, se voisi olla miehen itsensä kannalta viisas ratkaisu.

Mutta jos Maurila ja Sammaleinen oli tapettu vaikka etsivät varjostivat Vaipiota, niin olisiko Elias Turanen turvassa edes poliisien hoivissa.

Sinikka tuntui jostain syystä luottavan tuohon laihaan murtomieheen. Jos hän ilmoittaisi miehen olinpaikan poliisille, niin pettäisikö hän Eliaksen lisäksi myös Sinikan luottamuksen. Sitä hän ei halunnut. Koko suvussa Sinikka oli ainoa joka hieman muistutti häntä itseään. Tyttö oli käynyt poliisikoulunkin. Hän joskus ajatteli, että Sinikka oli poliisikouluun mennyt siksi, kun hänkin oli poliisikoulun käynyt. Tytön poliisikouluun meno oli tuonut hänen harteille aivan uuden ja oudon taakan. Tahtoiko tyttö olla kuten hänkin? Sitä hän ei halunnut, mutta se imarteli. Muitakin yhtäläisyyksiä heillä oli. Kuten ei hänkään, ei myöskään Sinikka koskaan saisi omia lapsia. Oli lääkäri hänelle selittänyt miksi ei, mutta ei hän ollut ymmärtänyt lääkärin selityksistä mitään. Perinnöllistä se ei ollut, sillä miltei kaikilla muilla hänen suvussa oli ollut ja oli edelleen lapsia.

Mitä noiden kahden välillä museolla oli tapahtunut? Oliko mies Sinikalle kertonut aivan toisen tarinan mitä hänelle? Siskontyttö näytti viihtyvän Turasen seurassa aivan liiankin hyvin. Pitäisikö hänen puuttua asiaan? Turanen kun oli rikollinen, vaikkakin vähäpätöinen sellainen, kuten koko heidän tiimi.

Hän oli seurannut Sinikan miessuhteita jo toistakymmentä vuotta, jo ennen kuin Sinikan vanhemmat maailmalle katosivat. Sikäli mikäli oli oikein ymmärtänyt, Sinikka tahtoi itselleen miehen jota voisi komennella mielin määrin. Sellaiseksi mieheksi Sinikka Elias Turasen kai pystyisi kouluttamaan, paremmin kuin aikaisemmat mieskokelaat. Elias vaikutti säyseältä, ellei säyseys sitten johtunut siitä tilanteesta mihin oli tahtomattaan ajautunut ja mistä ei tuntunut pois pääsevän ilman apua.

Sinikka täyttäisi pian kolmekymmentä vuotta, ollut siis täysi-ikäinen jo reilusti yli vuosikymmenen. Ja jo paljon sitä ennenkin Sinikka oli tehnyt kaiken oman päänsä mukaan. Se oli hänelle selvinnyt viimeistään silloin, kun tytön vanhemmat häipyivät maailmalle. Tyttö oli jo parin päivän päästä ottanut kunnalta loparit ja mennyt poliisikouluun. Koulun tyttö oli käynyt kunnialla, mutta poliisina olon riemua ei kauaa kestänyt, oli noin vain ryhtynyt reportteriksi. Välillä oli palannut kunnalle, kunnes oli lähtenyt pohjoiseen kouluttamaa koiravaljakoita, ei sielläkään ollut viihtynyt kuin yhden talven.

Nyt Sinikka asui hänen naapurissa, asunnossa jonka hänen vanhemmat aikoinaan olivat rakentaneet. Hänen sisko oli miehensä kanssa rakentanut tontille uuden talon. Hän oli nuorena miehenä hankkinut viereisen tontin ja rakentanut siihen pesää, joka sittemmin oli hajonnut.

Ei hän ymmärtänyt Sinikkaa, mutta eihän hän ymmärtänyt edes itseään. Hän oli käynyt poliisikoulun, mutta lähtenytkin pian valmistumisen jälkeen merille jungmanniksi ja palattuaan parin vuoden päästä hakeutunut töihin rakennuksille jne.

Hän päätti juoda ensin viskigrogin ja toisenkin. Sen jälkeen alkoi ramaista. Päivällä oli ollut paljon menemistä ja tulemista.

22.

Sinikka oli tuonut hänelle palapelin. Siinä oli 3000 palaa. Hän oli raivannut sille tilaa ikkunan läheltä, niin että saattoi palapeliä kootessaan samalla seurata ikkunasta museolle tulijoita. Kovin paljoa heitä ei ollut, paitsi silloin milloin linja-auto toi lastillisen turisteja. Museon työmies kulki sinne tänne, mutta ei koskaan vilkaisuttaan päärakennusta eikä varsinkaan sen ullakkoa. Miehen apuna ollut koululainen kyykki kasvimaalla aamusta iltaan. Heistä hänen ei tarvinnut olla huolissaan.

Elias oli yön nukkunut sikeästi. Aamulla maailma näytti harmaalta ja totiselta. Hänen rikollinen loru oli lopussa, se tuntui selvältä, mutta ei se harmittanut. Kävisipä jutussa miten tahansa, hän lopettaisi ryöstelyt. Hänen viimeiseksi keikaksi jäisi murto Jorma Vaipion huvilaan. Eniten harmitti se, kun ei tullut lopetettua yhtä murtokeikkaa aikaisemmin.

Palapeliä kootessa ajatus kulki rauhallisesti. Hänellä oli toveittain aivan hyvä olla. Ruokaa ja juomaa oli yllin kyllin, ja keitin millä kiehauttaa kahvit. Hän oli levännyt paremmin kuin kai koskaan, syönyt ja juonut paremmin. Mutta toisaalta epäilytti se, kun asiat eivät olleet enää ollenkaan hänen omissa käsissä. Sinikka ja Taneli tiesivät hänen tarinansa. Kaiken lisäksi niin Sinikka kuin Tanelikin olivat entisiä poliiseja ja Taneli piti yhteyttä johonkin etsivään. Vaikka Taneli oli luvannut, ettei hänestä aivan kaikkea etsivälle kertoisi, Elias arvasi että ennen pitkää Taneli juuri niin tekisi. Hänen kannoilla oli lisäksi rikollisia ja mitä enemmän hän mietti, sitä vaarallisimmilta nuo rikolliset tuntuivat. Jos Sinikka ja Taneli aikoivat hänet rikollisilta pelastaa, niin ennen pitkää heidän pitäisi turvautua poliisin apuun.

Mutta jos hän antautuisi poliisille, niin vieläkö hän voisi

aloittaa elämänsä alusta. Miten kauan joutuisi virumaan vankilassa?

Sannan kanssa hän ei uudelleen voisi aloittaa. Sanna ei häntä enää takaisin huolisi, siitä hän oli varma, eikä hän toisaalta itsekään halunnut palata entiseen. Miksi hän ylimalkaan oli mennyt naimisiin? Se kai oli typerintä, mitä hän koskaan oli tehnyt, jos ei mukaan laskettu viimeistä murtokeikkaa. Kyllä hän sen muisti, mutta järkeä siitä teosta ei vieläkään löytynyt. Hänen armeijassa ollessa kaikki silloiset kaverit olivat avioituneet, hän oli jäänyt kuin yksin. Koko ryhmä missä lapsena ja nuorena oli kulkenut, katosi ykskaks pois. Muut kai viettivät aikaa kotona vaimon ja lapsien kanssa, hän kulki yksinään kapakasta toiseen, ei koskaan tutustunut paremmin kapakan asiakkaisiin. Hän tunsi silloin olevansa kuin kummajainen, kuin joku elokuvien outo epeli jota ei kukaan ota tosissaan. Hänkin oli sitten mennyt naimisiin, jonkun vaan kanssa. Kai hän oli kuvitellut, että saisivat lapsiakin. Ei hän tosin muistanut ajatelleensa seurusteluaikana lapsia, muisti ajatelleensa vain ehjää kotia. Kaipa siihen lapsiakin kuului, ainakin pari.

Mutta miksi sen pitikään olla juuri Sanna. Ehkä kai siksi, kun oli Sannan tuntenut lapsesta lähtien ja kun Sannalla tuntui olevan aivan sama pulma kuin hänellä. Naimisiin, naimisiin, kenen kanssa tahansa niin taas olisi yhdenvertainen muiden kanssa. Hän oli kai kuvitellut, että naimisiin mentyä vanhat ajat palaisivat, vanha jengi kokoontuisi taas yhteen nyt vain puolisoiden ja lapsien kera. Niin ei ollut käynyt, eikä hän Sannan kanssa saanut lapsia.

Menikö hän naimisiin vain siksi, kun niinä aikoina kaikki hänen kaveritkin avioituivat? Siltä se tuntui. Ja kun hän sitten avioitui, kaverit edelleen pysyivät poissa ja tilalle tulikin Sannan kavereita. Heidän kanssa hän ei osannut rentoutua. Ei viihtynyt heidän kanssa siksikään, kun jossain vaiheessa oli jo uudelleen tutustunut Maurilaan ja muutamiin tämän kumppaneihin, ja oli aloittamassa rikollista uraa. Jo silloin hän hoki itselleen, varovainen ja varovainen. Ja Sannan ystävien kanssa hän olikin varovainen, niin varovainen, että ei lopulta puhunut heille mitään ja siksi he kai uskoivat, ettei hän viihdy heidän seurassa. Viinaksiakaan ei uskaltanut käyttää, ettei kännipäissä lörpöttelisi rikoksiaan julki. Eikä hän lopulta voinut keskustella edes Sannan kanssa, Sanna kun oli lörppö. Tosin Sanna ei enää viime aikoina ollut lörppö hänen seurassa, mutta omien ystävien kanssa saattoi suustaan päästää ilmoille kaiken mitä mieleen tuli.

Hän yritti käsittää, milloin kaikki oli mennyt pieleen. Alusta lähtienkö ja kaikki. Hän huomasi nyt senkin, että hänen ja Sannan avioliitto muistutti suuresti hänen viimeistä murtokeikkaa. Kaikki meni jotenkin vikaan, tekipä hän mitä tahansa.

Miten vaikeaa olisi aloittaa elämä aivan alusta, hankkia normaali päivätyö...

Museon pihalle ilmestyi mies, kaksi miestä, ei kun kolme. Miehet kulkivat aivan peräjälkeen ja jotenkin varovaisen oloisina, niin että väkisinkin epäilykset heräsivät. Ykskaks etummaisena kulkenut seisahtui, kääntyi takana tulevan puoleen. Mies selitti jotain kiivaasti, mutta sanat eivät kunnolla ullakolle kiirineet. Elias käsitti puheesta vain sen, että etummaisena tulleen mielestä takimmainen kulki liian lähellä hänen kantapäitä. Takana tullut vain levitteli käsiään. Viimeisenä kulkenut pyörsi ympäri, asteli takaisin maantielle, katosi hänen näkyvistä.

Hän katsoi tarkemmin noita kahta. Ikää kumpaisellakin miehellä oli ehkä siinä 30-40 vuotta. Näyttivät aivan tavallisilta jätkiltä. Molemmilla oli jaloissa farkut ja päissä lippalakit. Isommalla oli vain t-paita yläruumiin verhona, pienemmällä myös pusakka. He olisivat voineet olla ketä tahansa jätkiä, joita toisin ajoin torin reunalle kerääntyi parveksi asti. Torilla tai puistossa heitä ei olisi erottanut muista samanmoisista. Puuttui vain viinipullo taskusta. Heistä isompi kulki etummaisena, oli ehkä kokonsa puolesta tuon pienen ryhmän päällikkö.

Mutta mitä he tekivät museolla. Miksi kulkivat kuin olisivat jollain laittomilla asioilla? Tuskin museolla oli mitään sellaista varastettavaa, mikä jätkiä kiinnostaisi.

Isompi kääntyi taas, katsoi päärakennusta pää kallellaan, asteli hitaasti lähemmäksi. Pienempi odotti hetken, katseli maisemia, seurasi sitten isompaa. Miehet katosivat päärakennuksen eteen, mihin hän ei sijaltaan nähnyt.

Hän kiirehti ovelle, kääntyi sitten katsomaan huonetta. Se näytti aivan siltä kuin siellä joku asuisi. Taas hän oli ollut huolimaton. Sinikan ja Tanelin käyntien jälkeen hän ei enää ollut siivonnut jälkiään, kun oli ajatellut, ettei sillä ole väliä. Kuka tahansa ullakolle tulisikin, näkisi heti että joku siellä majailee. Ruokia oli pöydällä ja kaapin päällä, näkkileipää, makkaraa. Retkikeitin oli selvästi näkyvillä keskellä pöytää ja sen vieressä radio, jossa ei vieläkään ollut pattereita ja niiden ympärillä likaisia astioita. Lasinen purkki mitä oli käyttänyt tuhkakuppina, oli tupaten täynnä. Vaatteitakin huoneessa oli hujan hajan, hänen likaisia alusvaatteita sekä myös ullakolta löytämiään ikivanhoja vaatteita. Ikkunan vieressä pöydällä oli palapeli. Se pisti ovelta heti silmään. Tuoksui kahville ja tuoksui tupakalle.

Hän kiirehti toiselle tähystyspaikalle. Siitä näki räystään alta ulko-ovelle. Toinen miehistä oli kiivennyt raput ylös, seisoi ulko-ovella kumaraisena, oli kuin tiirikoisi lukkoa auki. Toinen piti alhaalla vahtia.

Jos vieraat tulisivat melkein suoraan ullakolle, kuten Taneli oli tehnyt, ei hän ennättäisi siivoamaan jälkiään. Ja vaikka jäisivät alakertaan, ei hän siltikään pystyisi kunnolla siivoamaan. Sinikkahan oli kertonut, että kun ullakolla liikkui, niin välikatosta tippui sahanpurua alakertaan. Se paljastaisi hänet heti. Myöskään piiloutuminen säkkikasan alle ei kai tullut kysymykseen, Sinikka kun oli säkkikasan levittänyt pitkin ullakkoa.

Hän voisi vielä paeta. Hän oli löytänyt itselleen pakoreitin, aivan kuten käärmettä pakenevan hiiren kuuluikin tehdä. Vastapuolella käytävää kuin missä hän itse majaili, oli huone ja huoneessa ikkuna. Ulkopuolella aivan lähellä ikkunaa kasvoi suurehko koivu. Hän oli yöllä hiipinyt ulos ja kiivennyt koivuun, sitonut köyden kiinni koivunoksaa. Sen jälkeen hän oli avannut ikkunan ja onnistunut vetämään köyden ikkunasta sisälle. Köyden päähän hän oli sitonut ohuen langan, niin että sitä vetämällä köyden pystyi vetämään ikkunasta sisälle. Nyt köysi roikkui löysänä vasten koivunrunkoa. Köysi tuntui vahvalta, vaikka oli vanha. Köyden avulla pääsi kiipeämään koivuun. Koivulta oli vain muutama metri matkaa aittaan. Minne hän aitalta menisi, sitä hän ei tiennyt.

Piti vain odottaa, että molemmat tulijat ehtisivät sisälle. Jos toinen miehistä jäisi ulos vahtimaan, voisi huomata hänet. Ja minne oli kolmas mies kadonnut?

Toisaalta mietitytti sekin, että keitä takaa-ajajat olivat. Nämä olivat aivan erinäköisiä kuin miehet joita hän kuvitteli pakenevansa.

Ulko-ovi oli auki. Sen tunsi ilmavirrasta. Portaikossa oleva ovi oli kai unohtunut selälleen. Samassa ulko-ovi jo suljettiin. Vaikka miehet tarkistaisivat ensin alakerran, ei kuluisi montaa minuuttia kun tulisivat ylös. Minne oli jäänyt kolmas mies. Vahtiko taloa jossain kauempana, ehkä maantiellä? Silloin mies näkisi heti jos hän yrittäisi ikkunasta paeta. Hän kiirehti toiselle puolelle taloa, tiirasi maantietä pienestä raosta, mutta maantiellä ei näkynyt ketään. Hän asteli huoneeseen jossa majaili, vilkaisi ikkunasta tienoota. Kolmas mies oli kadonnut.

Alhaalta kuului hiljaista puhetta. Lattialaudat narahtivat silloin tällöin. Toinen mies niiskautti usein nenää.

Etsivätkö miehet häntä vai jotain aivan muuta, mietti Elias. Ehkä miehet olivat tavallisia murtovarkaita. Pitäisikö hänen päästä puheisiin miesten kanssa, yrittää selvittää mistä oli kyse.

Mutta entä jos miehet tappaisivat hänet heti kun näkisivät. Niin he voisivat tehdä, jos he kuuluivat samaan ryhmään kuin miehet jotka olivat tappaneet Maurilan ja Sammaleisen?

Mutta jos hän pakenisi, hän saisi paeta ties kuinka kauan, ehkä niin kauan kunnes jäisi kiinni. Hän joutuisi kulkemaan syrjäseutuja ja enimmäkseen öisin, torkkumaan missä lie aitoissa tai ladoissa. Syksymmällä sellainen elämä kävisi ankeaksi.

Jos miehet häipyisivät häntä näkemättä, hän voisi ainakin jonkin aikaa vielä asustaa museolla, odotella milloin Sinikka tulee häntä tapaamaan.

Miehet tulivat pikkueteiseen, portaiden alapäähän. Enää hän ei oikein ennättäisi pakoon niin, etteivät miehet sitä kuulisi ja näkisi. Narinasta kuului, että toinen jo astui askelmalle. Hetken kuluttua tulija näkisi jos hän juoksisi käytävän poikki.

Hän astui ullakon keskitilaan. Siellä oli paljon tavaraa. Hän valitsi niistä aseekseen valurautaisen padan, jäi odottamaan.

Kun ensimmäinen miehistä pääsi portaiden yläosaan, niin että vartaloa oli näkyvissä vyötäröä myöten, hän paiskasi padan miehen päälle. Se osui miestä rintaan ja tämä kaatui taaksepäin, haroi turhaan käsillä tukea. Kaatuessaan mies kaatoi myös takana tulleen miehen.

Hän kiirehti jo ullakon viimeiseen huoneeseen, avasi ikkunan ja nousi ikkunalaudalle seisomaan. Siitä oli matkaa puolitoista metriä isoon koivuun. Pihalla ei näkynyt ketään. Hän sai käsiinsä köyden, arvioi välimatkaa maahan ja aitannurkalle. Jos hän ikkunalta heijaisi itsensä hyvään vauhtiin, hän lentäisi aitannurkalle asti. Hyvällä tuurilla hän olisi piilossa takaa-ajajien häntä näkemättä. Huonolla tuurilla oksa katkeaisi tai hän liitelisi päin koivua, tippuisi maahan ja katkoisi luunsa.

Mutta portaista ei kuulunut ääniä ja se tuntui oudolta. Olivatko tulijat pelästyneet niin, että olivat paenneet museolta. Mutta ei hän ollut kuullut juoksuaskelia. Olivatko miehet jääneet odottamaan häntä alakertaan? Entä missä lymysi ulos jäänyt kolmas mies. Hän ei voisi hypätä puuhun ja laskeutua alas ennen kuin tietäisi missä miehet ovet. Jos olivat kuistilla, he näkisivät hänet ja ennättäisivät luo ennen kuin hän pääsisi aitan taakse piiloon.

Ei kuulunut askelten ääntä minuuttiin eikä kahteen. Hän laskeutui alas ikkunalaudalta, kurkisti ovesta. Ei näkynyt ketään. Ehkä hän oli pelästyttänyt miehet tiehensä. Ehkä he eivät olleet häntä edes etsineet. Kun tarkemmin ajatteli, niin miehet olivat olleet aivan erilaisia kuin häntä aiemmin etsineet miehet. Vaikka oli nähnyt takaa-ajajansa vain kaukaa ja aivan pienen hetken aikaa, silloinkin aina takaa-ajajista vain yhden, niin hänestä oli tuntunut kaiken aikaa kuin takaa-ajajat olisivat olleet ammattilaisia. Mummonmökillä näkemänsä mies oli seissyt ulko-ovella, mutta miten hän aavistikaan että miehen kaveri oli jossain lähellä, ehkä saunannurkalla. Sammaleisen varastoa vakoillessaan toinen mies oli ollut Sammaleisen seurana, toinen lymyillyt kauempana, tullut välillä ovelle vartioimaan. Silloin viimeistään hän oli uskonut, että oli tekemisissä ammattilaisten kanssa. Miehet olivat aina niin kaukana toisistaan, että vaikka olisi tähdännyt heitä aseella jostain piilosta, molempia hän ei olisi kyennyt hengiltä ampumaan. Toinen oli aina jonkun nurkan takana, kuin ammattisotilaat joista toinen turvaa toisen kulkua.

Sitä eivät olleet museolle tulleet miehet. He eivät näyttäneet ammattilaisilta, eivät toimineet ammattilaisten tavoin. Hän oli pystynyt yllättämään heidät niin helposti, että pani epäilemään, olivatko miehet sittenkin jotain aivan muuta porukkaa, ehkä murtovarkaita, ehkä eivät olleet rikollisia ollenkaan. Ehkä olivat jotain kulkureita jotka etsivät yöpymispaikkaa museolta. Portaisiin miehet olivat nousseet aivan peräjälkeen, niin että olivat tuupertuneet yhdellä iskulla, tai yhdellä heitolla.

Hän asteli varovasti kohti rappuja.

23.

Sinikka vietti tylsän aamupäivän toimistolla. Ajatukset eivät pysyneet työssä, karkasivat museolle. Siellä oli tekeillä jotain, jota hän ei oikein ymmärtänyt. Laiha rikollinen piileskeli poliisia ja jotain muitakin takaa-ajajia museolla, museolla jossa hän oli oppaana turisteille.

Monta kertaa päivän aikana hän jäi miettimään miestä. Hän arveli, että Elias Turanen oli hänelle puhunut totta. Siitä hän ei piitannut vaikka tämä poliisille ja Tanelille valehtelisi miten paljon. Mies oli luottanut häneen. Hän koettaisi miestä jotenkin auttaa jos pystyisi, tai ei ainakaan ilmiantaisi tätä poliiseille.

Kotona häntä odottaisi tyhjä asunto. Viimekertaisen miessuhteen jälkeen hän oli muuttanut vanhempiensa asuntoon, se kun oli tyhjillään. Vanhemmat viettivät aikaa enemmän ulkomailla kuin kotona. Viimeisin mies oli ollut huono, kuten myös sitä edellinen. Melkein kaikissa miehissä kun tuntui olevan sama vika. He tahtoivat komennella. He kai kuvittelivat, että naisen paikka olisi keittiössä. Mutta ei hän siksi ollut ylioppilaaksi lukenut, että tyytyisi jäämään kotiin siivomaan.

Ehkä Luoja ei vain ollut luonut häntä tiiviiseen parisuhteeseen. Ehkä kaikki johtui siitä, kun ei voinut saada omia lapsia. Elämässä täytyi olla jotain muutakin, kuin keittiö ja lapsia.

Nuorena lapsettomuus oli ollut harmin paikka, erottanut hänet silloisista ystävättäristä. Ja kun ensimmäinen miessuhde oli ajautunut karille, kylän akat olivat uhkailleet, että hän jäisi vanhaksi piiaksi. Se oli kuulostanut joltain pahalta. Ehkä maailma oli joltain osin muuttunut, ehkä hän itse oli muuttunut. Nyt kolmekymppinen sinkkunainen ei kuulostanut pahalta, pikemminkin teki hänestä kuin maailman naisen.

Ei hän halunnut miessuhteitaan muistella, katseli mieluummin elämää eteenpäin. Hän oli varma että Taneli tiesi hänen miessuhteistaan enemmän kuin hän itse.

Hän ei vielä kolmekymppisenäkään oikein tiennyt mitä elämältä halusi. Joskus nuorena hän oli haaveillut, että liittyisi johonkin vaan avustusjärjestöön ja matkustaisi mihinliemaahan auttamaan nälkäänäkeviä lapsia. Se vaan ei tuntunut ihan oikealta, kun ei hän oikeasti noita lapsia ajatellut. Toisinaan teki mieli lähteä rauhanturvaajaksi. Mutta sitä varten kai pitäisi käydä armeija ja armeijan kuri taisi olla kovempaa kuin kuri poliisivoimissa ja siksi sekin oli jäänyt.

Hänen vanhempansa matkustelivat pitkin maailmaa, mutta itse hän ei enää maailmalle halunnut, vietti aikaansa ennemmin Suomessa. Siinä suhteessa hän kai oli enemmän Tanelin kaltainen. Tanelillekin tuntui riittävän se, että oli oma piha missä vapaa-aikana levätä, oma mökki mihin mennä suojaan maailman tuulilta.

Vanhempien kadottua maailmalle hän oli päässyt itse järjestelemään elämäänsä, mennyt kunnan viraston sijaan poliisikouluun ja sitten ruvennut reportteriksi. Kovin hyvin hän ei ehkä ollut menestynyt, mutta jotain hän tunsi elämältä saaneensa: Hän oli entinen poliisi ja entinen rikosreportteri ja entinen jne. Ne olivat töitä, joita hän ihan itse oli itselleen järjestänyt. Vaikka nyt oli palannut kunnan virastoon, oli se taas vain välivaihe, hän toivoi.

Hän lähti töistä suoraan museolle. Se mihin tilanteeseen Elias Turanen oli ajautunut, se oli jotain niin kimuranttia, ettei hän halunnut siitä jäädä paitsi. Yhtä jännää hänellä oli ollut ehkä vain ensitreffeillä, mutta silloin aivan toisesta syystä. Ja ehkä silloin kun toimittajana jäljitti rikollista.

Taneli oli vihjaillut, että heidän, Eliaksen ja hänen välillä oli meneillään romanssi. Mutta toisin kuin Taneli arveli, ei hänellä itsellään ollut pienintäkään aikomusta antautua suhteeseen vankilaan menevän miehen kanssa. Ei hän tuntenut mitään vetoa rikollisiin. Ja paitsi että oli rikollinen, Elias oli myös varsin rähjäinen. Ja mies tupakoi aivan liikaa, ja ilmeisesti myös joi halpaa viiniä. Yhtä hyvin hän voisi puistosta iskeä jonkun puliukon.

Hän meni museolle koska... Niin, miksi? Tämä kuitenkin oli jännittävämpää kuin mitä hänelle aikoihin oli tapahtunut.

Toisaalta tuntui Tanelikin olevan jutussa kiinni kyynärpäitä myöten. Mutta ehkä Taneli oli jutussa kiinni hänen takia, kuten oli ennenkin ollut ja saanut sitä katua.

24.

Hän oli tappanut ihmisen. Kyllä, niin se oli käynyt. Mies
jonka päällä hän oli portaissa heittänyt valurautaisen pa-
dan ja joka siksi oli kaatunut portaat päistikkaa alas ja kaa-
tanut samalla toverinsakin, ei hengittänyt enää. Myöskään
sydän ei lyönyt, sen hän tarkisti kolmeen kertaan, ensin
ranteesta, sitten kaulasta ja lopuksi rinnasta sydämen koh-
dalta. Mies oli niin kuollut kuin vain olla ja voi.

Hän oli tappanut ihmisen.

Sen sijaan toinen mies, joka oli toverinsa painosta kaa-
tunut alas rappuja, hengitti edelleen, joskin vähän koristen.
Sen hän näki ja kuuli mieheen koskematta, eikä hän uh-
rannut miehelle ajatuksia sen enempää, kumartui uudel-
leen katsomaan kuollutta miestä. Miehellä oli lyhyet,
ruskeat hiukset, paksut viikset, parin päivän parransänki
leuassa. Silmät olivat ruskeat, senkin hän näki, sillä miehet
silmät toljottivat elottomina kattoa. Vaatteet olivat kulu-
neet, mutta suht puhtaat. Jaloissa miehellä oli lenkkitossut.
Mies olisi voinut olla kuka tahansa työläinen, varastomies
tai muurari, leipuri tai vaikka yövartija kuten hänkin. Kuol-
lut mies oli aivan tavallisen näköinen mies, niin kuin hän
itsekin oli, niin kuin kaikki miehet olivat. Ehkä miehellä oli
vaimo ja lapsia. Ehkä he jo odottivat miestä kotiin palaa-
vaksi. Ehkä myös äiti ja isä olivat pojastaan huolissaan.

Mutta mies oli kuollut. Hän oli tappanut miehen. Sitä oli
vaikea tajuta. Ei hän ollut koskaan ajatellut, että murto-
puuhat veisivät hänet niin pitkälle rikollisella uralla.

Hän istui rapuille. Entä jos kuollut mies olikin poliisi,
etsivä.

Hän kiirehti tutkimaan elossa olevan miehen taskuja,
mutta ei löytänyt virkamerkkiä.

Hän istahti takaisin rapuille. Hän oli aikonut tehdä vain

pieniä murtokeikkoja siinä toivossa että joskus pääsisi kunnon apajaan kiinni. Hän oli halunnut elämään vähän jännitystä, ei ollut halunnut olla aivan niin kuin tavalliset pulliaiset. Hän oli halunnut olla jotain. Ja nyt hän sitä oli. Hän oli tappanut miehen. Hän oli tappaja. Mutta ei hän ollut tarkoittanut että mies kuolisi.

Hän istui samalla paikalla vielä silloinkin kun Sinikka astui sisälle päärakennukseen. Sinikalla oli mukana raskas kassi. Eteisten välinen väliovi oli auki ja hän näki oitis lattialla makaavat miehet. Kun astui sisälle pikkueteiseen, hän näki Eliaksen rapuilla istumassa.
– Mitä ihmettä sinä olet tehnyt, Sinikka kysyi.
Elias nosti vähän päätään, ei vastannut. Ei hän edes oikein tiennyt mitä oli tehnyt, ei käsittänyt miten niin oli päässyt käymään. Oliko hän tappanut ihmisen? Siihen kaikki merkit viittasivat. Hän oli nähnyt miesten tulon, oli ullakolla heitä odottanut, ja kun miehistä ensimmäinen oli päässyt portaat miltei ylös, hän oli paiskannut padan miehen päälle. Mies oli kaatunut taaksepäin, vierinyt portaat alas, kaatanut toisenkin miehen. Sen jälkeen oli ollut aivan hiljaista, kuoleman hiljaista siihen asti kunnes Sinikka tuli, paitsi että tajuton mies hengitti koristen.
Niin se kai oli käynyt. Hän oli tappanut miehen.
– Onko se kuollut, kysyi Sinikka.
Sinikka oli päässyt toisen miehen vierelle, kumartui tutkimaan.
Hän nyökkäili päätään, vaikka Sinikka ei katsonut häneen päin. Hän oli tappanut miehen. Kyllä sen silloin kuollut pitikin olla.
– Toi toinen näyttää hengittävän, sanoi Sinikka.
Häntä alkoi äkisti harmittaa. Sinikka toisti asioita jotka hän oli aikaa sitten huomannut. Se toi hänen mieleen Sannan. Sannakin oli avioliiton alkuaikoina kertonut hänelle asioita jotka hän jo tiesi, aivan kuin hän olisi vähämielinen.

Samalla hän piristyi. Häntä ajettiin takaa. Takaa-ajajat olivat löytäneet hänen piilon. Nyt toinen heistä oli kuollut, toinen tajuton. Pitäisikö hänen hävittää kuollut jonnekin ja mitä tekisi tajuttomalle. Oliko takaa-ajajia ollut vain nuo kaksi? Eikö miehiä ollut aluksi kolme? Pitäisikö hänen piilottaa auto millä miehet olivat museolle tulleet, jos olivat autolla tulleet?

Hänen pitäisi tehdä jotain, mutta jäsenet eivät liikkuneet.

Sinikka sanoi:

– Onko se ulkona oleva ukko samaa ryhmää.

– Taitaa olla. Kolme niitä kai oli.

– Joku luikki navetan taakse piiloon kun tulin. Onko nämä kaksi niitä sinun takaa-ajajiasi?

Siinäpä pulma.

– En tiedä, hän sanoi. – En käsitä, hän lisäsi. – Kun minusta näytti, että ne takaa-ajajat olivat aivan toisen näköisiä. Ne jotka olivat mummonmökillä odottamassa, ja sitten siellä Sammaleisen varastolla. Niillä oli puvut päällä. Ja miten ne näyttivät aivan siltä, kuin olisivat ammattilaisia, sotilaita tai jotain. Semmoisia karskeja.

– Tänne tulee kohta lauma turisteja. Nämä on saatava piiloon ennen sitä. Nostetaan tuo kuollut vaikka tuohon penkkiin.

Pikkueteisen seinää ikkunan alla kiersi penkki, kuin pitkänmallinen arkku. Sinikka nosti siitä kannen ylös.

– Jos se vaan mahtuu tänne, Sinikka sanoi.

Hän nousi ylös. Jotain olisi tehtävä, hän tajusi, mutta ei käsittänyt mitä hän voisi tehdä. Vaikka ruumis ja tajuton piilotettaisiin ja he katoaisivat, niin ulkona oli vielä yksi, joka tiesi miten ja minne kaksi muuta katosivat. Ja vaikka kolmaskin mies katoaisi, niin jäljet silti johtivat museolle ja häneen.

– Mä taidan olla kusessa, hän sanoi.

Sinikka nosteli penkin sisältä rojua pois, sanoi päätään

kääntämättä.

– Vaihda housut.

– En minä sitä tarkoittanut.

– Nostetaan se kuollut tänne, Sinikka päätti. – Sitä ei täältä kukaan etsi vähään aikaan.

Sinikka kiskoi kuolleen jaloista aivan penkin viereen. Hän sai pakottaa jäsenet liikkeelle, astui kuolleen pääpuolelle. Kuolleen silmät katsoivat häntä.

Hän tarttui miestä kainaloista, Sinikka jaloista. Kuollut nousi penkin reunalle ja vain vaivoin siitä yli. Se valahti penkin sisälle kasvot alaspäin. Sinikka otti kuolleelta tämän lompakon ja sulki penkin kannen.

– Entä toi toinen, Elias kysyi. – Se alkaa kohta virota.

– Viedään se ullakolle, Sinikka päätti. – Saat sitoa sen ainakin siksi aikaa kun minä opastan turisteja alakerrassa.

Sinikka ravisteli miestä ja tämä jotenkuten heräsi. Turistibussi seisahtui maantien laitaan. Sen Sinikka kuuli äänestä, hoputti puolitajutonta miestä yläkertaan. Tappoaseena käytetty pata oli portaissa ja Elias kantoi sen ullakolle. Hän sitoi miehen tuoliin kiinni, samaan tuoliin mihin oli aikaisemmin sitonut Tanelin. Sinikka kiirehti alakertaan turisteja vastaan.

Kuten Tanelikin, niin myös hänen uusi vanki pyysi ensitöikseen vettä. Hän kaatoi sitä pullosta miehen suuhun. Mies nieli osan, yski ja pärski lopun pusakalleen.

Elävä museoon tunkeutuja oli nimeltään Eero Niemi, syntynyt 20.6.1974 Kirkkonummella. Sen Elias luki miehen lompakosta löytämistään papereista. Ei se häntä yhtään kiinnostanut. Hän olisi mieluummin halunnut tietää jotain tappamastaan miehestä, siitä oliko tällä lapsia ja vaimoa. Se ei käynyt selville kuolleen miehen papereista. Miehen laihassa ja kuluneessa lompakossa oli vain kelan kortti ja kaksi kahdenkymmenen euron siloista seteliä, niin siloista että näytti kuin ne olisivat väärässä paikassa. Mitään muuta ei ollut. Nimi oli Lauri Juopelo, syntynyt Kuusamossa

1978. Sen nimisen miehen hän siis oli tappanut.

Hän istui sohvalle kauas vangista. Ei hän vieläkään ta-
junnut mitä oli tapahtunut. Sama ajatus kiersi päässä yhä
uudelleen ja uudelleen. Hän oli tappanut miehen.

25.

Taneli oli nukkunut levottomasti yön. Aamulla hän koetti tietokoneen avulla ottaa selville, mikä mies Jorma Vaipio oli. Vaipiolla oli jopa oma kotisivu, mutta oli ilmeisesti vaimon tekemä ja vaimon nimellä. Sivustolta käsitti heti, että perheessä oli kaksi lasta, tyttöä. Heistä oli kuvia kun olivat vielä sylivauvoja, oli kuvia kun olivat päiväkodissa, kuvia koulu-ajoilta. Nyt tytöt olivat pitkälti toisella kymmenellä. Kotisivuilla olevat tiedot olivat kuin mainospätkiä ja kiiltokuvia. Jorma Vaipio esiintyi vain muutamassa kuvassa ja niissäkin vaimon ja kahden lapsen kera, vähän kuin taustalla. Teksteistä kävi selville, että perheen elättäjä oli liikemies. Ei mitään muuta, vain liikemies.

Mutta mies oli ilmiselvästi rikollinen, ei vain ollut jäänyt kiinni, se oli käynyt selville Viiriäisen puheista. Eikä pelkkä rikollinen, vaan rikollisjengin pomo. Rahaakin tuntui olevan ylen määrin, mutta ei poliisillakaan ollut varmuutta mistä rahat olivat peräisin. Poliisi epäili miestä huumekauppiaaksi. Jos sen sortin rikollinen oli täydessä toiminnassa, ei ihme vaikka ruumiita tulikin.

Taneli päätti soittaa Viiriäiselle ja kertoa missä Elias piileskeli. Ehkä Eliaksen kuitenkin olisi turvallisempaa olla poliisin huostassa kunnes juttu olisi ohi.

Ennen kuin ennätti sitä kertomaan, Viiriäinen sanoi:

– Nyt ollaankin kuuman jutun jäljillä. Siitä on selvinnyt pikapikaa kaikenlaista. Ne ovat Vaipion miehiä, jotka ovat Maurilan ja Sammaleisen tappaneet. Saatiin yksi niistä poseen ja se on vähän laulellut. Voi olla että saadaan koko roistosakki telkien taakse. Tämä on paljon isompi juttu kuin mitä uskoinkaan. Huumeita, huumeita ja huumeita ja nyt vielä murhia siihen päälle. Huumeita on löytynyt vähän joka puolelta, tai ainakin jäämiä huumeista, Sammaleisen luota ja sen Maurilan luota. Mutta mitäs sinulla on tänään sydämellä?

– Minä päätin vaan kertoa sen, että se Elias piileskelee museolla.

– Kuka Elias?

– Elias Turanen, se murtomies, se joka kai kaiken sotkun pani alulle.

– Ai se. No pidä se museolla piilossa. Luulisin sen siellä olevan turvassa, siksi kunnes saadaan isommat kalat katiskaan. Ja pysy itsekin piilossa vähän aikaa. Juuri nyt täällä on täysi hässäkkä päällä. Minä voin kertoa jotain, mutta tätä et ole minulta kuullut. Tämä on iso juttu, kaikki päälliköt ovat hereillä. Joku on varastanut Vaipion asunnolta huumeita, oikein ison satsin huumeita. Vaipio on ollut ihan raivona sen jälkeen, ajelee autolla tappamassa ihmisiä. Se kai sai ainakin osan huumeista takaisin Sammaleisen tai Maurilan luota, mutta ei se estänyt sitä tappamasta niitä. Tämä on aika raaka juttu. Nyt ovat kaikki poliisit liikkeellä, mitä vain liikenee. Korjataan se Turanen talteen sitten joskus myöhemmin.

– Kun se Turanen epäili, että syynä kaikkeen voisi olla kirje.

– Mikä kumman kirje, ihmetteli Viiriäinen.

– Sille oli jäänyt taskuun joku kirje sieltä Vaipion huvilalta. Oli heittänyt se myöhemmin pois. Se on nyt moottoritien laidassa pari kilometriä Bembölestä Veikkolaan päin, siinä taukopaikalla.

– No tutkitaan se joskus sitten, Viiriäinen totesi. – Sitten kun tää pahin hässäkkä on ohi. Me mennään ihan kohta sen Vaipion kämpille.

Viiriäinen tuntui olevan niin tohkeissaan, ettei hän etsivää halunnut enempää häiritä. Rauhoittaakseen omia ajatuksiaan, hän ryhtyi kasaamaan palapeliä. Hän oli aloittanut kasaamisen jo edellisellä viikolla, mutta vasta muutama pala sopi toisiinsa. Paljoja siinä oli paljon, 10 000.

Siinä siis oli palapelin laatikko ja laatikon päällä kansikuva, kuvassa hevosia laitumella. Hän otti yhden palan käteen, katsoi sitä. Siinä oli sinistä väriä. Se kai oli taivasta. Hän sijoitti palan pöydän yläosaan, otti käteen toisen palan. Siinä oli vihreää. Se kai oli kai ruohoa...

Hän päättikin kävellä museolle. Kävellessä hän voisi miettiä sitä, miksi tuon vaivan näki Eliaksen takia. Miksi hän tunsi sympatiaa ventovierasta miekkosta kohtaan ja vieläpä rikollista? Siksikö kun Sinikka tuntui viihtyvän miehen seurassa? Ei hänellä itsellään ollut mitään yhtenäisyyksiä Eliaksen kanssa. Elias oli nuori, hän oli vanha. Elias oli rosvo, hän oli täysin lain toisella puolella, vaikkei poliisi enää ollutkaan. Ei hän keksinyt heidän välillä muita yhtenäisyyksiä, kuin ehkä sen, että molemmat kasasivat joutessaan palapelejä. Senkin hän oli ihan vastikään huomannut.

Vaikka ei uskonut tarvitsevansa, hän täytti aseen lippaan panoksilla, työnsi aseen taskuun.

26.

– Minä en puhu mitään, mies sanoi uhmakkaasti. – En puhu vaikka kuoliaaksi kidutettaisiin.

Sinikka katsoi miestä pää kallellaan. Mies oli kallistunut vasemmalle kyljelleen sen minkä köydet antoivat periksi. Sitoessaan miestä Elias oli kuullut tämän parahtavan kun painoi tätä tuolia vasten.

– Sillä voi olla kylkiluita poikki, hän sanoi.

Sinikka painoi kevyesti miestä kylkeen. Mies kiljaisi, sanoi:

– Se yks Jakosensaari meidät palkkasi, minut ja Laren.

– Mikä kumman Jakosensaari, kysyi Sinikka.

– Ei me sitä tunneta. Se vaan tarjosi semmoista työtä ja makso etukäteen. Meidän piti vaan varmistaa, että majaileeko täällä joku Elias Turanen.

– Se olen minä, sanoi Elias.

– Meidän piti vaan varmistaa, että lymyätkö täällä vai missä. Se olisi pitänyt ilmoittaa sille Jakosensaarelle. Vahdittiin monta tuntia, mutta kun ketään ei näkynyt, niin me...

– Te, ketkä te, kysyi Sinikka.

– Niin, minä ja Lare.

– Kuka Lare?

– Lauri Juopelo.

– Lauri Juopelo on kuollut.

Mies valahti kalpeaksi.

– Minä kerron kyllä kaiken mitä tiedän.

– Eikö tuolla ole kolmaskin mies, sanoi Sinikka.

– Se on vaan yks Roponen, lähti torilta meidän mukaan. Se ei tiedä tästä senkään vertaa kuin me.

– Mitä teidän piti tehdä sitten, kun Eliaksen löydätte, kysyi Sinikka.

– Ei meidän pitänyt mitään sitten tehdä. Meidän piti

vaan varmistaa, että se on täällä ja sitten soittaa sille Ja-kosensaarelle.

– Jos se sitä kirjettä etsii, niin ei sitä minulla enää ole, selitti Elias kiireesti. – Minä heitin sen ojaan, kun lähdin kahvituvalta ajelemaan. Se on Tarvontien laidassa.

Mies vain toljotti häntä.

– Se sinun kaverisi on kuollut, sanoi Sinikka. – Mutta mitä kummaa me sinulle tehtäisiin. Jos pääset vapaaksi, laulelet kaikille missä me ollaan.

– Minä en laulele yhtään mitään, vakuutti mies. – Ihan sama vaikka kuoliaaksi kiduttaisivat, niin minä vaikenen kuin muuri.

Sinikka katsoi miestä säälivä hymy huulilla, veti sitten Eliaksen kauemmaksi, sanoi:

– Mitä me tuolle oikein tehdään.

– Kai se pitää vapaaksi päästää.

– Mitä se sitten tekee, kun pääsee vapaaksi. Jos ne ovat kerran sen Maurilan ja sen toisen tappaneet, niin eivät kai ne sinuakaan sääli.

Sinikka palasi sidotun miehen luo, kysyi:

– Tiedätkö sinä jotain Maurilasta, tai Sammaleisesta?

– En ole kuullutkaan, väitti mies.

Mies vaikutti vilpittömältä. Elias ajatteli, että takaa-ajajia olikin kaksi eri ryhmää, tai kolme jos laski poliisin mukaan.

– Olenko minä niin tärkeä mies, hän sanoi. – Minä kyllä luulen että ne etsivät sitä kirjettä.

– Mitä kirjettä, kysyi sidottu mies.

– Mitä kummaa siinä kirjeessä on voinut olla, ihmetteli Sinikka.

– En minä tiedä, sanoi Elias. – Minä vaan vilkasin sitä ja sitten heitin sen ojaan. Ei minun sitä pitänyt edes varastaa. Se vaan jäi taskuun.

– Sinun siis piti vaan varmistaa, että Elias Turanen on täällä museolla, Sinikka sanoi sidotulle miehelle.

– Lupasivatko siitä oikein ison palkkion?

– Siitä me tili saatiin, neljä kymppiä per nokka. Tai siis minä ja Lare saatiin. Se Roponen ei saanut mitään. Se vaan lähti mukaan. Meidän piti vaan käydä varmistamassa, että onko se Elias täällä ja soittaa Jakosensaarelle. Mulla on numero lapussa.

– Jos me kerrotaan mistä löydät tärkeän kirjeen, niin voit vielä saada paljon isomman palkkion?

– Niinkö, niinkö vai voin.

Sinikka veti Eliaksen kauemmaksi sidotun miehen luota, kertoi:

– Jos tuo otus löytää sen kirjeen sieltä ojasta, ja vie perille, niin voihan olla että takaa-ajajat jättävät sinut rauhaan. Sitten sulla on enää poliisi vaivana.

– Jos vaan vielä löytävät sitä, epäili Elias. – Sehän jäi sinne maantienojaan. Onko sen jälkeen pahasti satanut? Tai ovatko TVL:n porukat nurmikoita leikanneet.

– Jos tuo otus laukkaa sitä etsimään, niin sillähän siitä päästään. Jospa ne tyytyisivät siihen, että saavat sen kirjeen takaisin. Jos ei rosvot sitä kirjettä halua, niin viekööt vaikka poliisille.

Sinikka avasi miehen siteen. Mies kiirehti vapauteen kuin henkensä hädässä. Elias jäi katsomaan miehen menoa. Hän oli tappanut melkein samanlaisen miehen. Hän oli yrittänyt rauhoittaa itseään sillä, että oli tappanut rosvon. Mutta taas hän huomasi tappaneensa aivan tavallisen miehen, ehkä rosvon, mutta hyvin pehmeän rosvon. Elokuvien ja jopa rikossarjojen rikolliset vaikuttivat kovanaamoilta moisten klovnien rinnalla. Hän oli tappanut miehen, aivan tavallisen miehen. Teon tehtyään hän oli lysähtänyt, niin henkisesti kuin ruumiillisestikin. Enää se ei tuntunut paljoa miltään.

Hän oli tappanut miehen. Niin se vain oli käynyt.

27.

Taneli asteli museon ohi, seisahtui ihmettelemään. Kuka oli tuo mies, joka näytti vahtivan museota. Hän oli nähnyt miehen ennenkin ja muisti pian missä. Mieshän norkoili yhtenään torin laidalla ja rautatieasemalla ja useimmiten humalassa. Mitä mies museolta etsi? Ja miksi vaikutti siltä, kuin hänet nähdessään olisi ollut kuin ei museota vahtisikaan.

Hän asteli pienen matkaa päärakennuksen ohi, kääntyi pienen, punaisen mökin pihalle. Sieltä johti polku metsikön poikki, päätyi riihen edustalle. Sieltä hän näki päärakennuksen, näki koko lähitienoon. Näkemänsä mies seisoi nyt navetan kulmalla selkä häneen päin, vahti edelleen päärakennusta. Mies vaikutti hermostuneelta, kuin olisi odotellut paikalla kauankin.

Hän asteli niityn poikki parkkipaikalle, mutta silloin mies huomasi hänet, asteli kiireesti maantielle. Kun hän ennätti maantielle, mies kiiruhti jo reilun sadan metrin päässä. Miehen kävelyvauhti oli siksi vinhaa, ettei hän yrittänyt perään.

Hän asteli maantien yli päärakennuksen taakse, lähti kiertämään rakennusta etupuolelle. Kun pääsi talon nurkalle, päärakennuksen etuovi lennähti selälleen, vieras mies kiirehti portaat alas, lähti juoksujalkaa museon pihatietä maantielle.

Hän asteli miehen perään. Tämä juoksi navetan taakse. Hän otti pari juoksuaskelta, mutta ennen kuin ennätti edes maantien yli, parkkipaikalla käynnistyi auto, lähti renkaat sutien. Hän jäi maantien viereen nähdäkseen kuskin, mutta maantielle päästyään auto kääntyikin toiseen suuntaan, eikä hän nähnyt autosta kuin takaosan, kuskista ei vilaustakaan.

Hän tallensi kuitenkin rekisterinumeron mieleen, pala-
si päärakennuksen etupuolelle, rynkytti ulko-ovea.

28.

Elias oli vetäytynyt ikkunan ääreen kasaamaan palapeliä. Se ei hyvin edistynyt, mutta se vei ajatukset pois viimeaikaisista tapahtumista, varsinkin siitä asiasta että oli tappanut ihmisen. Sen hän olisi halunnut pyyhkiä muistista pois tykkänään. Sitä hän nyt katui enemmän kuin mitään muuta tekemäänsä.

Palapelin palasten joukossa oli paperisuikale ja siinä puhelinnumero. Kuulemma se oli Jakosensaaren numero. Hän ei tiennyt miehestä muuta kuin sen, että tämä kai etsi häntä, kuten etsi myös joku Vaipio, jonka huvilan hän oli ryöstänyt tyhjäksi. Voisiko hän vielä soittaa numeroon ja kertoa Jakosensaarelle, että kirje mitä etsivät, oli aivan muualla. Sitä varten pitäisi saada puhelin Sinikalta tai Tanelilta, omasta kännykästä kun oli akku tyhjä. Tappamallaan rosvolla ei ollut edes kännykkää. Hänen pitäisi pyytää Tanelilta tai Sinikalta puhelin, mutta hän ei tehnyt mitään.

Sinikka selosti Tanelille viimeaikaiset tapahtumat. Taneli kertoi mitä oli Viiriäiseltä kuullut. Puhuivat niin hiljaisella äänellä, ettei Elias kunnolla kuullut.

Taneli kävi tutkimassa eteisen penkissä olevan ruumiin vielä uudelleen ja palatessa julisti miehen kuolleeksi, mikä sai Eliaksen pyörittämään silmiään ja Sinikan tuhahtamaan. Taneli tutki myös kuolleen vähät tavarat. Kuolleen nimi ei sanonut hänellekään mitään. Elossa lähteneelle rosvolle Sinikka oli antanut takaisin miehen lompakon ja muut tavarat.

Taneli soitti vielä Viiriäiselle, mutta ei Viiriäinenkään miestä oikopäätä muistanut ja oli kovin kiireisen oloinen. Puhelun jälkeen Taneli työnsi puhelimen taskuun.

– Otin nyt varmuuden vuoksi aseen mukaan, sanoi Taneli. – Viiriäinen kun veikkasi, että voi tulla kuumat paikat. Ei ehkä tänne mutta jonnekin. Ehkä minä nyt kuitenkin vartioin täällä aseen kanssa, minä kun olen joskus asetta käyttänytkin.

Hän aikoi lisätä, että oli ampunut rosvon hengiltä, mutta vaikeni kun Sinikka pudisti päätään.

Elias ei enää vilkaissutkaan heitä, tuijotti palapeliä, tuijotti vuoroin ikkunasta taivaanrantaa. Hän ei enää nähnyt elämäänsä palapelinä, ja se kummastutti. Elämä, eletty elämäkin näytti yhtä sotkuiselta kuin palapeli jonka kokoamista oli vasta aloittamassa. Missä olivat kirkkaanväriset lapsuusvuodet, missä harmaa aikuiselämä? Viimeaikaiset palat eivät sopineet siihen palapeliin, miksi hän oman elämänsä oli koonnut. Uudet palat eivät sopineet yhteen minkään aikaisempien palojen kanssa.

Koko elämä pitäisi aloittaa aivan alusta, hän ajatteli ja katsoi Sinikkaa, tai Sinikan selkää sillä muuta hän ei Sinikasta sillä hetkellä nähnyt.

Jotain hän tunsi Sinikkaa kohtaan, niin kuin tunsi melkein kaikkia naisia kohtaan, niin kuin oli joskus tuntenut myös Sannaa kohtaa. Hän uskoi, että Sinikkakin tunsi jotain häntä kohtaan. Mutta...

Hän oli rikollinen, ja hän oli naimisissa. Ja sen lisäksi hän pakeni jotain henkensä edestä. Oliko nyt sopiva aika ruveta pohtimaan rakkauselämän kiemuroita? Hän ehkä voisi aloittaa elämän alusta, jos antautuisi poliiseille. Hän saisi siitä muutaman vuoden vankilatuomion, joka ehkä lyhenisi hyvän käytöksen ansiosta. Mutta hän oli vielä naimisissa Sannan kanssa, eikä hän Sannan kanssa haluaisi aloittaa alusta.

Piileskelyyn hän oli kyllästynyt. Hän vihasi omaa, haisevaa, ruokotonta olemustaan. Partaa ei saanut kunnolla ajettua, kun ei saanut lämmintä vettä. Samasta syystä ei voinut kunnolla peseytyä, eikä pestä vaatteitaan. Jos antautuisi poliiseille, pääsisi sentään pesulle. Vieläkö hän lusittuaan voisi alkaa elämän uudelleen alusta?

Tuo kaikki oli tullut mieleen vasta sen jälkeen kun Sinikka oli hänet ullakolta löytänyt. Päässä velloi ajatuksia joilla ei ollut mitään tekemistä piileskelyn kanssa. Nuo ajatukset toivat poltetta vatsanpohjaan.

Hän viskasi palapelin palasen pois. Se kopsahti padan kylkeen, samaisen padan minkä hän oli heittänyt ullakolle kipuavien miesten päälle. Se toi mieleen erään asian: Hän oli tappanut miehen juuri tuolla samaisella padalla. Hän oli juuri tuon padan heittänyt kohti ullakolle kiipeäviä miehiä ja sen takia miehet olivat kaatuneet alas portaita ja toinen heistä oli katkaissut niskansa.

Ei hän ehkä voisikaan aloittaa enää alusta. Ei kai hänellä enää ollut mitään oikeutta ajatella tulevaisuutta. Hän oli tappanut ihmisen.

Samassa hän näki museota lähestyvän miehen, kiinnostui oitis. Mies kulki renkituvan sivuitse nopeasti päärakennuksen etupuolelle ja vaikka ei itse paikaltaan etupuolelle nähnyt, hän jostain arvasi että mies suuntasi kulkunsa suuren kuusen juurelle. Kävellessä mies piti toista kättä takintaskussa. Jo hetken perästä hän näki toisen miehen. Tämä kurkki renkituvan nurkan takaa päärakennusta.

Elias arveli, että jos tulijoita oli useampia, niin toiset kiertäisivät samaan aikaan päärakennuksen toiselta puolelta.

Heti miehet nähdessään hän tajusi, ettei selviäisi näistä niin helpolla mitä oli selvinnyt kahdesta edellisestä, ei vaikka ullakolla olivat myös Sinikka ja Taneli. Museota lähestyvät miehet näyttivät ammattilaisilta, mikä heidän ammatti sitten olikaan. Vaikka hänellä olisi ollut ase, hän ei olisi molempia saanut kaadettua. Kuusen taakse kiirehtinyt mies näytti aivan samalta, jonka hän oli nähnyt Sammaleisen varastolla. Ehkä mies oli Jakosensaari. Nyt voisi olla myöhäistä soittaa, vaikka hänellä numero olikin. Sen sijaan renkituvan nurkalla tähystävä mies oli ulkonäöltä hänelle aivan outo.

Hän kääntyi katsomaan Sinikkaa ja Tanelia. Nämä oli-

vat hänen takia nyt pahassa pulassa. Hän sanoi:
- Nyt sieltä taas tullaan ja arvaan että oikein porukalla.
- Keitä ne ovat, kysyi Taneli.
- En tiedä.
Taneli kiirehti hänen vierelle, näki ikkunasta renkituvan nurkalla olevan miehen.
- Helvetti, sanoi Taneli. - Se on Vaipio, tuo mies. Se on Jorma Vaipio itse.
- Toinen on jossain tuolla etupuolella taloa. Pyrkii kai kohta sisälle.
- Niitä voi olla enemmänkin, sanoi Taneli. - Ja aseiden kanssa, jos osaan yhtään arvata.
Sinikka katosi huoneesta ykskaks. Taneli kiirehti ovelle, Elias seurasi Tanelia. Sinikka hiipi portaita alas.
- Helvetti, sanoi Taneli. - Jos nuo ovat samoja miehiä jotka tappoivat sen Maurilan ja Sammaleisen, niin eivät ehkä säästä meitäkään.
- Se yksi lähti kai kirjettä etsimään, sanoi Elias. - Mutta se oli kyllä ihan nyssykkä. Nämä taitavat olla eri maata. Pitäisikö niille ilmoittaa, ettei se kirje täällä ole.
- Voi olla myöhästäkin, murahti Taneli. - Poliisi kun siitä jo tietää. Että pitääkin olla sekava vyyhti, sinulla kun on näköjään noita jahtimiehiä kannoilla enemmänkin. Poliisikin sinua hakee, sitten kun ehtii.
Sinikka oli jo alhaalla pikkueteisessä, lähestyi ikkunaa. Elias kiirehti vilkaisemaan ullakon ikkunasta ulos. Renkituvan nurkalla kurkkinut mies lähestyi päärakennusta. Mies siis oli Jorma Vaipio. Ei mies kummoiselta näyttänyt Eliaksen mielestä. Vaipio oli keskimittainen mies, aika tukeva. Kasvot olivat punakat ja sileäksi ajetut. Yllään miehellä oli sinertävä puku, jonka housut lököttivät pahasti. Oliko tuo mies vastuussa Maurilan ja Sammaleisen kuolemista.
Jos oli, niin tuskin mies häntäkään säästäisi.
Hän palasi ovelle kun kuuli Sinikan nousevan portaita

ylös. Sinikka selosti:

– Neljä miestä näkyi kuistin ikkunoista. Yksi oli ulkoovella, yksi talonnurkalla, yksi kuusen takana ja yksi vasta lähestyi.

– Minä soitan poliisille, sanoi Taneli. – Ei me niistä muuten selvitä. Saa Viiriäinen tulla tänne pikapikaa.

Ulko-ovea jo rynkytettiin. Elias arvasi, ettei vanha ovi kestäisi moista rynkytystä kauaa.

– Eikö täältä mitään kautta pääse pakoon, Taneli kysyi.

– Tuolla on kyllä varapakokäynti, Elias sanoi, osoitti yhtä huonetta. – Mutta ne voivat alhaalta nähdä.

He kiirehtivät huoneeseen, minkä ikkunasta saattoi loikata koivuun. Ulko-ovi antoi periksi päätellen siitä että rynkytys loppui. Elias avasi ikkunan, kurkisti varovasti ulos. Sillä puolen taloa ei takaa-ajajia näkynyt.

Alakerrasta kuului yhä enemmän ääniä. Ehkä kaikki takaa-ajajat olivat tulleet sisälle.

– Yrittäkää te päästä pakoon. Minä koetan pidätellä niitä minkä pystyn. Kun pääsette alas, juoskaa vaikka lähimpään taloon hälyttämään apua.

Tanelilla oli puhelin kädessä, mutta jostain syystä Viiriäinen ei heti vastannut. Taneli kaivoi toiseen käteen aseen, astui ovelle. Rapuista kuului ääniä. Sinikka kiipesi ikkunalaudalle, tarttui köyteen, kiipesi sitä pitkin koivuun. Kun sai tukevan otteen puusta, hän kääntyi katsomaan taakseen. Elias oli ikkunalaudalla valmiina. Samassa kuului laukaus. Elias tarttui köyteen, pääsi nopeasti puuhun. Sinikka laskeutui nopeasti alas, ettei olisi Eliaksen tiellä. Talossa ammuttiin uudelleen. Kun Elias pääsi alas, Sinikka odotti häntä jo aitannurkalla.

Yksi asemiehistä näki heidät kuistilta, ampui kohti. Luoti meni ohi. Elias pakeni päärakennuksen taakse. Asemies kiirehti ulos, näki kai vilauksen Sinikasta aitan luona, lähti kiertämään aittaa Sinikka vastaan.

Sisältä kuului useita laukauksia.

Sinikka näki asemiehen ennen kuin tämä ennätti ampumaan, säntäsi Eliaksen perään. Hän oli varma että asemies olisi ampunut hänet, jos olisi ennättänyt. Nurkan takana hän pysähtyi vain hetkiseksi. Hän olisi voinut juosta maantielle, pysäyttää jonkun vaan ohiajavan auton, mutta maantiellä hän olisi suojaton asemieheltä, eikä yhtään autoa ollut näkyvissä. Hän jatkoi matkaa seuraavalle talonkulmalle, missä Elias kurkki menosuuntaan. Hän pysähtyi Eliaksen vierelle, vilkaisi taakseen. Asemies oli tulossa kohti. Hän kurkisti kulman taakse. Sillä puolella rakennusta ei näkynyt ketään. Takaa kuului laukaus. He jatkoivat juoksua niin, että Elias juoksi kohti renkituvan toista kulmaa, hän lähestyi renkitupaa toiselta puolen. Renkituvan kulmalla hän katsoi taakseen. Asemies oli ilmestynyt päärakennuksen kulmalle, mutta sillä hetkellä päärakennuksessa ammuttiin niin kiivaasti, että takaa-ajajakin seisahtui kuuntelemaan pauketta.

Hän kulki renkituvan etupuolelta kohti perunamaata. Elias oli kiertänyt renkituvan, näkyi juoksevan niityn poikki alas kohti ryteikköä, kääntyi lopulta niin että otti suunnaksi varustevaraston. Hän aikoi perään, mutta samassa taas ammuttiin. Ampujan tähtäimessä taisi olla Elias ja hän kääntyi juoksemaan toiseen suuntaan kohti kasvimaan takana sijaitsevaa isoa kompostilaatikkoa ja ryteikköä. Kompostilaatikon taakse päästyään hän jäi istumaan ja huilaamaan. Sisältä päärakennuksesta ei kuulunut enää pauketta.

29.

Olkapäätä poltti kuin se olisi ollut tulessa. Se ravisti Tanelin hereille ja hän avasi varovasti silmät. Hän näki ja haistoi savua ja luuli hetken että olkapää oli jäänyt tuleen. Hän koetti ylös. Kipu yltyi. Taju palasi ja hän tajusi että liekit olivat hänestä kaukana, eri kerroksessakin kuin hän. Hän aisti ruumiinsa tuntoja ja tajusi ettei olkapää ollut tulessa, kipu oli vain kipua.

Samassa hän muisti: Vaipio oli ampunut ja ennen kuin hän tajunnan kadotti, hän oli olkapäässä tuntenut tömähdyksen. Olkapäässä siis oli Vaipion ampuma luoti. Ja hän muisti senkin, että ainakin yksi roistoista oli saanut osuman mikä pitäisi miehen poissa leikistä pitkän aikaa.

Mutta sitten häneen oli osunut ja ainakin hetkeksi hän oli mennyt tajuttomaksi. Vai oliko sittenkään. Hän oli muistavinaan, että kun oli tuupertunut lattialle portaiden yläpuolelle, hän oli kuullut kuin unen läpi askeleiden nousevan ylös ja kuuli senkin kun kahdet askeleet vaelsivat kiireesti ullakolla huoneesta toiseen.

Mutta olivatko Sinikka ja Elias päässeet pakoon. Hän muisti kuulleensa jonkun sanovan, ettei ullakolla ole ketään. Hän muisti miesten puhuneen jotain köydestä ja ikkunasta ja sitten olivat karjuneet apuun jotain Suomuraista ja Jakosensaarta ja joku oli kiireesti juossut ullakolta alas.

Mutta nyt joku käveli ullakolla. Hän tunsi askelten painon ruumiissaan, varsinkin olkapäässä mihin luoti oli osunut. Hän käänsi varovasti päätään. Mies tuli yhdestä pienestä huoneesta, kurkki rojujen taakse, avasi vanhan kirstun, kurkisti sitten seuraavaan huoneeseen.

Hänellä oli ase yhä kädessä ja se kuin valmiiksi osoitti oikeaan suuntaan. Hänen pitäisi vain muutaman sentin siirtää piippua toiseen suuntaan, tähdätä ja vetää liipaisimesta. Mies jähmettyi hetkeksi kuin vaistoaisi jonkun katselevan, kiirehti sitten huoneeseen, missä Elias oli majaillut. Hän tähtäsi oviaukkoa, missä mies oli hetkeä aikaisemmin seissyt ja kun oviaukkoon ilmestyi ase ja käsi ja mies, ne olivat oitis tähtäimessä. Laukauksen jälkeen kuului parahdus ja tömähdys.

Hän pyrki pystyyn. Vasemmassa olkapäässä kipu yltyi ja oli nujertaa hänet. Hän pääsi vain polvilleen. Alhaalta nousi savua ullakolle. Hänen olisi pakko päästä ylös ja ulos ennen kuin koko talo palaisi.

Hän konttasi portaiden yläpäähän, kääntyi sitten niin että jalat jäivät askelmille, siirsi ahteria askelma kerrallaan alaspäin. Vaikka jokainen liikahdus tuntui olkapäässä, niin taju tuntui pikkuhiljaa kirkastuvan.

Alhaalla pikkueteisessä kyti pieni nuotio, räsymatto, vähän vanhoja sanomalehtiä ja sahanpurua. Olivat kai aikoneet yllättää hänet savupilven suojassa, tai peräti savustaa hänet ulos. Jokin oli keskeyttänyt aikeet. Pikkueteisessä olevan penkinkansi oli auki ja hän hoiperteli kohdalle. Penkin sisällä oli edelleen ruumis, Eliaksen tappama mies. Hän antoi kannen painua kiinni.

Hän muisti, että tulituksessa oli ollut pieni tauko sen jälkeen kun hän oli yhteen mieheen osunut. Silloin hän oli ollut varomaton ja lähtenyt hiipimään kohti rappuja. Hän oli nähnyt Vaipion tukevan olemuksen portaiden alapäässä savupilven takana, mutta ei ollut ennättänyt tekemään mitään.

Hän tähysti pikkukuistin ikkunasta ulos. Yksi miehistä, Jorma Vaipio näkyi renkituvan edessä pyssy kädessä. Mies ei näyttänyt tietävän minne päin aseella tähtäisi. Toinen mies seisoi kuusen vieressä. Hän arveli että mies oli Jakosensaari. Saman miehen hän oli nähnyt rautatieaseman parkkipaikalla vahtimassa Eliaksen tai hänen autoa. Oliko siitä aikaa kulunut vasta pari päivää?

Missä olivat kolmas ja neljäs mies. Hän vilkaisi ovesta kuistille. Kolmas mies lojui raajat levällään lattialla oviaukossa. Näki heti että mies oli kuollut. Hänen ampuma luoti oli osunut miestä maksaan ja mies oli jaksanut raahautua melkein ulos asti.

Neljäs mies kai oli ullakolla, mutta oli haavoittunut tai ehkä jopa kuollut. Oliko miehiä ollut vain ne neljä, jotka Sinikka oli kuistin ikkunasta nähnyt.

Hän tähtäsi kuusenjuurella seisovaa miestä ikkunan läpi, yritti osua olkavarteen. Ase sanoi klik. Hän oli tuhlannut panokset ullakolla. Olisi pitänyt ullakolta olevalta mieheltä viedä ase.

Oviaukossa makaavalla miehellä saattaisi olla pyssy, mutta kuusen vieressä lymyilevä näkisi hänet heti jos hän kuollutta tutkisi.

Vaipio oli kai kiertänyt renkituvan, seisahtunut paikkaan mistä näki koko kasvimaan että myös päärakennuksen. Mies huusi jotain kuusen luona lymyävälle.

Missä olivat Sinikka ja Elias, se häntä huolestutti. Heitä ei näkynyt missään, mutta jos olivat paenneet niin mitä Eliaksen takaa-ajajat vielä etsivät.

Samassa Sinikka kurkisteli kompostilaatikon takaa, hän havaitsi. Molemmat asemiehet kääntyivät ampumaan kohti kompostilaatikkoa. Sinikka katosi näkyvistä.

Miehet käänsivät hänelle selkänsä ja hän astui kuolleen yli oviaukosta rapuille. Miehet tuijottivat yhä kompostilaatikkoa. Hän laskeutui raput alas ja pääsi kiertämään talon nurkalle heidän näkemättä. Samassa piti pysähtyä. Hänen olisi pitänyt tutkia, oliko oviaukkoon kuolleella asetta. Nyt se oli jo myöhäistä. Vaipio juoksi kohti päärakennusta.

Hän livahti päärakennuksen toiselle puolelle, jäi odottamaan juokseeko Vaipio hänen perään. Yllättäen Vaipion ääni kuuluikin sisältä talosta. Mies kirosi niin että koko tienoo raikui. Hän juoksi aitannurkalle. Savua pursui päärakennuksen oviaukosta paljon enemmän kuin hetkeä aikaisemmin. Ehkä Vaipio luuli hänen olevan yhä ullakolla, ja yritti savustaa häntä ulos. Ainoa vaikutus savulla oli, että hänen ullakolle ampumansa mies kiipesi ikkunasta koivuun. Mies yritti laskeutua alas. Toinen käsi roikkui hervottomana. Toisessa kädessä oli pyssy.

Kuusenjuurella lymyillyt Jakosensaari juoksi kasvimaalle. Sinikan pää näkyi hetken aikaa kompostilaatikon takana ja Jakosensaari ampui kohti. Hän näki, että Sinikkaan ei osunut. Mutta Sinikka ei ollut hyvässä piilossa. Ryteikkö oli vain kapea kaistale ja sen takana oli suuria peltoja.

Ullakolla ollut haavoittunut asemies pääsi kuin pääsikin keplottelemaan itsensä koivuun köyden avulla. Ilmeisesti haava ei ollut paha. Hän kiirehti koivun juurelle ja tähtäsi miestä tyhjällä aseella. Kun mies katsoi alas häneen, hän painoi sormen huulilleen. Mies vilkuili avuttomana ympärilleen, pudotti sitten aseen. Hän otti aseen talteen. Siinä oli jäljellä kaksi panosta. Haavoittunut mies kiipesi ylemmäksi puuhun.

Hän ei piitannut aseettomasta ja haavoittuneesta, otti tähtäimeen kasvimaalla seisovan Jakosensaaren. Juuri kun oli painamassa liipaisinta, mies juoksi takaisin kuusenjuurelle, niin että kuusi jäi heidän väliin. Samaan aikaan Vaipio juoksi päärakennuksesta ulos, kiirehti renkituvan taakse, ilmestyi kohta esille kaivon luona.

Hän kiersi takakautta päärakennuksen toiselle puolelle, yritti saada Vaipion tähtäimeen. Käsi vapisi aivan liikaa. Hän laskeutui maahan makuulle, mutta samassa silmissä musteni. Välillä jo turtunut olkapää oli maahan laskeutuessa osunut johonkin kovaan.

Elias oli juossut renkituvan ohi, jatkanut sitten pienen matkaa alas traktoritietä, kääntynyt ja juossut varustevaraston välistä metsään, mutta oli sitten pysähtynyt. Metsä oli vain kapea kaistale maantien ja peltojen välissä. Parin sadan metrin päässä metsäkaistale päättyi, hän muisti, jonkin ison, punaisen rakennuksen pihalle. Se taisi olla VPK:n talo.

Oli hän jonain yönä siellä asti käynytkin, mutta maantietä pitkin. Jo parikin asemiestä pystyisi saartamaan hänet metsäkaistaleen sisään, ja nyt heitä kannoilla oli ainakin neljä. Tieltä tai pellolta he näkisivät hänet helposti, mutta hän ei näkisi heitä.

Hän palasi jälkiään takaisin varustevaraston alapuolelle. Rakennus sijaitsi rinteessä niin, että alaosassa rakennuksen alla pystyi kulkemaan pystyssä, kun taas yläosa oli maassa kiinni. Rakennuksen alla oli paljon hevoskäyttöisiä peltotyökaluja. Ei hän tuntenut niitä kovinkaan hyvin, paitsi auran. Niiden takana ei oikein hyvää piilopaikkaa ollut.

Hän uskaltautui kurkistamaan rakennuksen nurkalta päärakennusta. Näkyi savua. Sitä tuli päärakennuksen avoimesta ulko-ovesta. Päärakennuksen edessä kasvavan kuusen luona seisoi mies, tähtäili jonnekin kasvimaan toiselle puolelle. Toinen mies seisahtui kaivonkannelle, mistä näki hyvin moneen suuntaan. Kumpikaan miehistä ei tuntunut piittaavan päärakennuksesta. Tarkoittiko se sitä, että Taneli oli poissa pelistä?

Taneli sekä Sinikka olivat häntä auttaneet. Olivatko nuo auttajat nyt pahassa pulassa? Nuo asemiehet, Vaipio ja kumppanit, hehän aikoivat tappaa Sinikankin ja olivat ehkä Tanelin jo tappaneet, aivan syyttömän ihmisen. Sinikka ja Taneli, he olivat ihmisiä, jotka pyytämättä olivat häntä auttaneet.

Kaivonkannella seisova mies siis oli Vaipio, niin Taneli oli sanonut. Hän tuijotti miestä hetken. Samassa Sinikka tuli hetkeksi esille kompostilaatikon takaa ja asemiehet avasivat tulen.

Hän vetäytyi takaisin rakennuksen alle. Siellä oli hämärää ja siksi turvallisen tuntuista. Aivan hänen edessä oli kasa heinäseipäitä, vanhoja mutta yhä teräväpäisiä. Hän kyykistyi tutkimaan niitä ja samassa hän havaitsi hyvä pakoreitin. Aivan rakennuksen vastakkaisella kulmalla oli aukko, mistä päivä paistoi läpi. Hän pystyisi konttaamaan sinne ja mahtuisi ryömimään aukosta ulos. Sillä suunnalla maantie oli aivan lähellä varustevarastoa. Välissä oli vain kellari. Hän ennättäisi kellarikummun suojassa juoksemaan maantien yli ennen kuin asemiehet huomasivat häntä. Maantien toisella puolella metsää oli enemmän ja peltoja vähemmän. Sitä kautta hän pääsisi metsään piiloon niin kauaksi, etteivät takaa-ajajat ilman jälkikoiria häntä kuunaan löytäisi.

Sinikka antoi hengityksen tasaantua. Kun päärakennuksessa oli hetken aikaa ammuskeltu kuin rikoselokuvassa, hän oli pahasti pelästynyt ja juossut jonnekin vain piiloon. Silloin kun asemiehet ampuvat silmittömästi, voi syytönkin joutua luodin tielle.

Nyt hän huomasi istuvansa ison kompostilaatikon takana ryteikköisen metsäkaistaleen laidalla. Ryteikkö kasvoi enimmäkseen terttuseljaa. Nyt vasta hän huomasi, miten hoitamaton se oli läheltä katsottuna. Kai yli puolet pienistä puista oli pystyyn kuolleita.

Hengitys tasaantui ja mieli rauhoittui. Laukauksia kuului enää harvakseen. Enää hän ei pelännyt. Hän ajatteli, että kun nuo asemiehet tajuaisivat että hän on nainen ja kaiken lisäksi ilman asetta, päästäisivät he hänet menemään. Kun asemies vain olisi tarpeeksi lähellä, hän nousisi ylös ja kertoisi olevansa museolla vain oppaana turisteille. Nyt asemiehet ampuivat kaukaa kasvimaan toiselta puolen, ehkä luulivat häntä Elias Turaseksi.

Ehkä hänen pitäisi heiluttaa valkoista lippua antautumisen merkiksi.

Hän arveli, että varovainen ja varovainen Elias Turanen juoksi jo jossain kilometrien päässä pakoon ja kun väsyisi juoksemiseen, ryömisi piiloon jonkun talon alle tai ehkä ojarumpuun. Kun hän viimeksi murtovarkaan oli nähnyt, oli mies luikkinut varustevaraston taakse metsään. Hän oli itse valinnut huonomman suunnan, jäi nyt vähän kuin loukkuun. Jos jatkaisi pakoa juosten, hän joutuisi juoksemaan pellolle ja olisi asemiehille helppo maalitaulu.

Taneli oli jäänyt päärakennuksen ullakolle pitämään asemiehiä loitolla. Vähään aikaan siltä suulta ei ollut kuulunut mitään. Oliko Taneliin osunut? Oliko kuollut vai viruiko haavoittuneena jossain ullakolla?

Hänen pitäisi antautua, että pääsisi asiaa selvittämään. Hän yritti kaivaa nenäliinan farkkujen taskusta, mutta sitä varten piti hetkeksi nousta ylös. Luoti napsahti seljan oksaan aivan hänen viereen. Eikö tuo tollo asemies vieläkään tajunnut, että hän oli nainen?

Sen hän oli ehtinyt havaita, että asemies oli lähtenyt askeltamaan kohti kompostilaatikkoa ja häntä. Hän päästäisi miehen lähemmäksi, ehkä kymmenen metrin päähän, heiluttaisi sitten valkoista nenäliinaa päänsä päällä. Nenäliina tosin ei ollut valkoinen, itse asiassa vaaleansininen ja vähän likainen ja ryppyinen, mutta se saisi kelvata.

Taju palasi taas vähitellen ja kipu olkapäähän. Ei hän tajuttomana voinut olla kuin sekunteja, sillä tilanne näytti muuttumattomalta. Yksi mies oli edelleen kuusenjuurella. Vaipio itse oli kasvimaalla kaivon vierellä. Vaipio oli kai jo tajunnut, ettei Sinikalla tai Eliaksella ollut asetta. Mies käveli aivan rauhassa lähemmäksi ryteikköä ja kompostilaatikkoa, minkä takana Sinikka piileskeli silloin kun hän tämän oli viimeksi nähnyt.

Hän otti taas tähtäimeen kuusen luona olevan miehen ja ampui ja osui. Mies tipahti maahan ääntä päästämättä. Jäljellä oli yksi panos, ellei sitten hakisi puunjuurelle kaatuneen asetta.

Vaipio ei huomannut mitä takana tapahtui, asteli edelleen kohti ryteikköä, tähtäsi kompostilaatikkoa. Hän tähtäsi Vaipiota, mutta taas käsi tärisi liikaa. Hän voisi osua Sinikkaan, tai mihin tahansa. Pitäisi päästä lähemmäksi Vaipiota ja löytää tukea asekädelle.

Hän nousi, juoksi kaivon luo, laskeutui maahan niin että sai asekäden kaivonkannelle. Juuri kun oli saamassa Vaipion tähtäimeen, jotain juoksi näkökenttään. Hän nosti päätään paremmin nähdäkseen. Elias juoksi kohti Vaipiota heinäseiväs peitsenä käsissä.

Vaipio näytti täysin tyrmistyvän, kääntyi kuitenkin vikkelästi kohti Eliasta, nosti aseen ja ampui.

Taneli näki Eliaksen horjahtavan luodin osuessa, mutta Elias oli päässyt hyvään vauhtiin, jatkoi matkaa luodista välittämättä. Vaipio tähtäsi uudelleen. Kuului poliisiauton sireenin ääni. Hän ampui nopeasti kohti Vaipiota ennen kuin Elias ehti tulilinjalle, mutta ei nähnyt osuiko luoti. Vaipio kuitenkin hätkähti, ei ennättänyt väistää lähestyvää seivästä.

Hän sulki silmät. Häntä huimasi ja oksetti. Tuntui että taju lähtee hetkellä minä hyvänsä. Vasenta olkapäätä särki kovemmin kuin ennen ja kipu tuntui leviävän koko ruumiiseen. Vielä tuli mieleen, että minne Sinikka oli kadonnut. Hän avasi toisen silmän. Poliisiauto kääntyi risteyksestä museon pihalle. Hän kääntyi selälleen makaamaan ja sulki silmät.

30.

Hänen herätessä paikalla oli poliiseja, useita poliiseja. Näkyi myös ambulanssi. Paloauto seisoi päärakennuksen edessä.

Jostain vierelle ilmestyi etsivä Viiriäinen.

– Olet ilmeisesti jonkinmoisessa kunnossa, sanoi Viiriäinen. – Tutkivat sinut äsken, kun nukuit. Mitä nyt yksi luoti olkapäässä.

Hän pääsi Viiriäisen tukemana jaloilleen. Tilanne näytti rauhalliselta. Poliisit vain seisoskelivat. Kauempana seisovista ihmisistä hän tunnisti etsivä Japalavskin. Ambulanssin väki hoiti juuri Sinikkaa. Kun havaitsi hänen katseen suunnan, Viiriäinen sanoi:

– Tyttö on ihan kunnossa. On vain jotain naarmuja saanut. Sehän on sinun sukulaisia vai?

– Niin on, siskontyttö.

– No, hän on jaloillaan ihan tuota pikaa. Toista se on noiden muiden laita. Ne eivät tarvis enää muuta kuin arkunkantajia.

He astelivat paikalle missä Elias Turanen ja Jorma Vaipio olivat ottaneet yhteen. Nyt paikalla makasi kaksi liikkumatonta myttyä. Vaipion ruumis oli heinäseipään lävistämä.

– Kuolleita, kuolleita, kuolleita, sanoi Viiriäinen. – Päärakennuksessa on ruumis. Ja yksi makaa pihalla päärakennuksen edessä kuusenjuurella. Ja tuossa on Vaipio itse seivästettynä ja hengettömänä. Se onkin jo pirua varten valmiiksi vartaassa. Mutta kuka se tämä yksi on? Minulle se on ihan vieras naama. Onko tämä nyt sitten se Elias, Elias mikä lienikään. Henki on poissa siltäkin.

– Elias Turanen, hän sai sanotuksi. – Siellä päärakennuksessa taitaa olla yksi ruumis piilotettuna. Siinä eteisessä, siinä on semmoinen penkki minkä voi avata. Siellä makaa joku.

– Ruumiita joka puolella. Sinäkö ne kaikki olet ampunut?

– No niin kai. Tai ainakin yritin kovasti. Tai en sitä yhtä, joka on siinä penkissä piilossa. Enkä tuota joka on seivästetty, vaikka yritin kyllä sitäkin ampua.

– Oikeastaan sinut kyllä pitäisi panna telkien taakse.

– No miksi? Minähän vain puolustauduin, kun nuo rosvot tulivat tänne aseet paukkuen.

– En minä sillä, mutta muuten. Et kertonut kaikkea ja toisaalta kerroit ihan liikaakin.

– No miten...

– Lähetit minut jotain kirjettä etsimään ojista, kun minun oikeastaan olisi pitänyt olla täällä estämässä verilöylyä.

– Eikö sitä kirjettä löytynyt

– Löytyihän se kyllä. Se kirje niin, oliko se joku kepponen?

– Ei, Eliashan siitä minulle puhui. Arveli että roistot etsivät sitä kirjettä. Olisi halunnut sen palauttaa.

– No sieltä kyllä löytyi kirje, kun aikamme haettiin. Sisällä siinä oli lomakuvia, Vaipio ja jotain hula-hulatyttöjä. Sinua oikeastaan pitäisi syyttää poliisin harhauttamisesta.

– Mutta enhän minä...

– Kuitenkin kun oltiin sitä kirjettä etsimässä, niin sinne ilmestyi muuan Eero Niemi. Kun oli tuttu mies ennestään, niin otettiin talteen. Kumman mielellään se sitten kertoi kaiken mitä tiesi, jo ennen kuin ehdittiin kysymään. Yleensähän niitä saa kovistella päiväkausia. Löytyi siitä kirjeestä sitten kyllä semmoisiakin valokuvia, missä poseeraa koko kopla, Vaipio ja Jakosensaari ynnä muut. Mutta en minä tiedä, olisiko niillä kuvilla mitään merkitystä ollut. Paitsi tietysti jos ne kuvat olisi lehdille vuodettu, niin Vaipion poliittisen uran alku oli käynyt hankalaksi. Se kun on semmoistakin suunnitellut.

– En minä kyllä yhtään tajunnut, että tästä tämmöistä tulee, Taneli noitui. – Eikä tajunnut Eliaskaan. Minä siitä vain siksi kiinnostuin, kun se Elias oli vaihtanut rekisterikilvet omasta autosta minun autoon.

– Niinpä taisit kertoakin.

Hän kääntyi katsomaan päärakennusta, siirtyi niin että näki myös päärakennuksen vieressä kasvavan koivun. Yksi asemiehistä nökötti yhä koivussa, oli kai poliisien tullessa kiivennyt niin korkealle piiloon kuin mitä uskalsi.

– Varmaan se on tuokin lintu kohta valmis laulamaan, hän sanoi, osoitti koivua Viiriäiselle.

Poliiseja koivuun paennut roisto näytti huvittavan.

Viiriäinen kääntyi niin että näki koko tienoon, sanoi:

– Tämä kaikki voisi olla muuten hyvin koomista, ellei lopputulos olisi näin ruma.

31.

Hautausmaa oli hiljainen, miltei autio. Maantiellä sentään silloin tällöin kulki autoja. Kappelista kuului jotain ääniä, ja taisi siellä olla valotkin.

He olivat hieman etuajassa, jäivät parkkipaikalle seisomaan. Taneli oli vasta päässyt sairaalasta, kertonut Sinikalle kaiken sen minkä oli Viiriäiseltä kuullut. Saman tosin saattoi lukea lehdistäkin.

– Se Jorma Vaipio piti huumevarastoa huvilalla, Taneli kertoi. – Siis siellä minne se sinun Eliaksesi murtautui. Ne huumeet oli kätketty taulunkehyksiin ja minne lie muualle. Oli semmoinenkin sattuma, että sinne oli tullut isompi lasti huumeita juuri silloin. Vaipion väki oli kai juuri saanut ne piilotettua. Huumeryhmä oli siitä saanut vihiä, oli metsässä odottamassa apujoukkoja. Niiden piti saartaa se huvila ja noukkia koko kopla talteen. Sinne se sinun Eliaksesi sitten ajeli pakulla ja murtautui sisälle huvilaan. Huumeryhmä ei sitä Eliasta tahtonut heti kiinni ottaa, mutta seurasi matkan päästä. Ajelivat Eliasta odottamaan kotiin, mutta ei tämä ollut siellä. Välillä kävivät tutkimassa Sammaleisen varastoa. Sammaleinen itse löytyi sängystä, mutta sillä aikaa joku muu oli penkonut murtosaaliin, vienyt huumeet. Se oli sen Maurilan tekosia. Se ei kai varmasti tiennyt missä ne huumeet oli, oli siksi rikkonut huonekaluja ja teeveestä repinyt takakannen irti. Oli löytänyt huumeita taulunkehyksistä, vienyt siksi kaikki taulut kotiinsa ja rikkonut kehykset. Niistä löytyi myöhemmin jäämiä huumeista, vaikka Vaipion väki oli jollain pahalle haisevalla lakalla kehykset sivellyt. Ei se Maurila kauaa ehtinyt huvitella, kun Vaipion väki jo sinne tiensä löysi.

– Se Maurila siis petti Eliaksen, Sinikka sanoi.

– Petti ja petti. Se Maurila, se oli kai jo niin huumeriippuvainen itse, että olisi kai pettänyt vaikka oman äitinsä huumeita saadakseen. Se koko keikka kai piti tehdä siksi, että Maurila saisi huumeita. Se kun ei tiennyt missä ne oli piilossa, niin piti saada koko talo tyhjäksi. Se oli kai Sammaleisen varastossa odottamassa kun Elias toi lastin ja tutkinut lastin saman tien. Pieni vaivahan se sille oli.

– Niin, kun ei itse joutunut murtautumaan sinne...

Sinikka oli niin kiukkuinen ja loukkaantunut, ettei saanut kyyneleitä pidätettyä.

– Sitä Eliasta huumeryhmä ei tavoittanut, oli askeleen jäljessä koko ajan, tai oli kai välillä edelläkin. Ja se rosvokopla oli Eliaksen edellä ja perässä. Se Vaipio oli raivona. Taisi ottaa luonnon päälle se, että joku pikkutekijä uskaltaa murtautua pääjehun huvilaan. Se tuli kesken lomareissun Espanjasta Suomeen niin nopeasti kuin vain pääsi, keräsi mukaan kaikki tuntemansa rikolliset ja pieksivät ja tappoivat sitten Sammaleisen ja vähän päästä Maurilan ja olisivat tappaneet Eliaksenkin jos olisivat löytäneet.

– Miten ne Eliaksen kannoille pääsisivät, niin varovainen kun se aina oli olevinaan?

– Poliisi tunsi Sammaleisen jo ennestään ja sen auton mitä Elias murtoon käytti. Poliisi oli Sammaleisen varastolla jo ennen Eliasta. Ja niin ainakin uskovat, että Vaipion väki seurasi poliiseja sinne. Näkivät kun Elias ajoi pakettiauton varastoon ja kun lähti omalla autolla. Silloin sillä vielä oli omat rekisterikilvet autossaan. Poliisin piti hakea Elias kotoa saman tien, mutta tämäpä menikin jonnekin muualle. Ei poliisi niin pientä kalaa jäänyt odottamaan, mutta kai se Vaipion väki sai siitä osoitteen ja kävi sitten myöhemmin Eliasta kotoa etsimässä.

– Ja pieksivät Eliaksen vaimo, Sinikka tiesi. – Miten se kirje asiaan liittyi, se kirje minkä Elias sanoi heittäneensä jonnekin.

– Ei paljoa mitenkään, vastasi Taneli. – Niissä valokuvissa muutamassa poseerasi Vaipion huumeliiga etelän auringossa. Mutta tunsi huumeryhmä ne jo ennestään. Niin niiden systeemi kai toimi, että se Jakosensaari toimitti huumeita Suomeen ja Vaipio hoiti myymisen. Muut oli pieniä tekijöitä. Se sinun Eliaksesi, se kyllä meni ronkkimaan käärmeenpesään.

– Vahingossa, sanoi Sinikka. – Se Maurila Eliaksen petti. Miksei se Maurila kertonut, mitä sieltä Vaipion huvilalta etsi?

– Ehkä siksi, kun aina niin varovainen Elias olisi pelästynyt ja jättänyt koko keikan tekemättä ja Maurila jäänyt ilman huumeita.

– Sitten Elias vielä murtautui museoon, missä minä toimin oppaana. Sattumalta.

– Ja sattumalta vaihtoi rekisterikilvet omasta autostaan minun autoon. Mutta nyt kun homma lähti purkautumaan, niin poliisille selvisi sekin, että Jakosensaari oli kai se huumemies joka meidän ansiosta pääsi joskus silloin livahtamaan. Silloin kun ammuin sen yhden pikkutekijän vahingossa. Siitä oli kehittynyt oikein kovan luokan rikollinen, on kuulemma pari henkirikosta tunnolla. Olisi se pitänyt ampua jo silloin.

Taneli vilkaisi kelloa, kysyi:

– Edistääkö minun kello?

– Minun kello on viittä vailla, vastasi Sinikka.

– Missä kaikki saattoväki on? Ei ristin sielua missään.

– Ei kai sillä ole ketään omaisia. Niin minä muistaisin. Eliaksen isä ja äiti kuolivat aikoja sitten. Siskoja ja veljiä ei ole. Vaimo ei sairaalassa olon jälkeen ole kotiin ilmestynyt.

Teki mieli lähteä pois, mutta juuri silloin joku näkyi kappelin ovella. He kävelivät luo, esittäytyivät.

Kappelissa oleva ihminen oli kappalainen. Sinikka ajatteli, ettei kai Eliaksen tapaisen, pienen ihmisen takia pappi paikalle tulekaan.

Seistiin kovin vaivautuneina kappelin ovella. Sisällä näkyi arkku. Sinikka arvasi, että arkun sisällä makasi Elias

Turanen. Näkyi myös penkkirivejä, mutta ne olivat aivan tyhjiä.

– Arkun kantajia ei kai tule, sanoi kappalainen.

– Ei taida tulla, myönsi Taneli.

Kappalainen oli kai aika kokematon hautaamaan ihmisiä, ei oikein tiennyt mitä tekisi.

– Me voidaan tietysti kärryillä kuljettaa arkku haudan äärelle, mutta sen hautaan laskemiseen tarvittaisiin lisää väkeä. Voin minä soittaa suntiolle jos hän ehtisi...

– Ei, ei kai meidän takia, sanoi Taneli. – Ei me niin kovin hyviä tuttuja edes oltu. Eikö sillä sitten omaisia ollut ollenkaan, vaimo ainakin oli.

– Vaimo kyllä ilmoitti meille, että kun asumusero on kerran pantu vireille miehen vielä eläessä, niin ei hänen velvollisuuksiin kuulu haudata sitä... Hmm, raatoa.

– Mitä?

– Juuri sitä sanaa vaimo käytti. Tekstiviestissä. Se ei tainnut olla kovin onnellinen avioliitto.

Sinikka muisti Eliaksen sellaisena kuin mitä oli tämän museolla nähnyt, ruokottomana olentona. Elias oli olevinaan niin varovainen ja huolellinen, oli siitä hänellekin pitänyt pitkän esitelmän. Varovainen ja varovainen, niin Elias oli sanonut. Mikä oli saanut niin varovaisen miehen hyökkäämään pyssymiehen kimppuun pelkkä heinäseiväs aseenaan?

Hän huomasi kappalaisen katsovan ja tajusi että oli kai hymyillyt itsekseen.

– Kai me ihan pian lähdemme, hän sanoi.

He olivat alun perin aikoneet jäädä hautajaisten ajaksi omaisten selkien taakse piiloon ja vasta näiden mentyä olisivat laskeneet kukkakimpun haudalle. Mutta kun keitään muita ei ollut, hän kävi asettamassa kukkakimpun Eliaksen arkulle.

– Kuka se oikein oli, tuo Elias Turanen? kysyi kappalainen.

– Muuan murtovaras, vastasi Taneli.

Kappalainen rypisti kulmia, sanoi jotain vain sanoakseen, jotain mitä kai uskoi että pappikin olisi sanonut:

– Niin, me kaikki ihmiset kuljemme täällä niin erilaisia polkuja.

Tuo kuulosti niin teennäiseltä, että Tanelin harmi nousi samalla hetkellä kun kappalainen sai sen sanotuksi.

– Kaikki ne polut johtavat tänne, Taneli tokaisi, viittasi hautausmaalle.

Sinikka tarttui Tanelin käteen, veti miehen pois kappalaisen luota.

– Otin kunnalta loparit, Sinikka sanoi.

– Vai otit. Mitä nyt sitten aiot tehdä?

– Ajattelin ryhtyä murtovarkaaksi.

– Heh.

Kirjailijan aikaisempaa tuotantoa:

Kulaus	Books on Demand	2012
Kaikkea se viina teettää	Books on Demand	2011
Koiran sydän	Books on Demand	2009
Ravunsyötit	Books on Demand	2007
Päättömän pyyn tapaus	Pilot-kustannus	2005
Puolen peikon tarina	Pilot-kustannus	2004
Kertomuksia Tuulensuun mäeltä	Kirkkonummen kirjaston ystävät RY	2003
Peltikattomurha	MC-Pilot	2002
Katajankaataja	Kesuura	1998
Mies halusi nukkua	Kesuura	1996
Rottajahti	Kesuura	1995
Kanavarkaat	Kesuura	1993
Joulukinkku	Yle	1988